시화기행 4

이탈리아,
세상의 모든 아름다움

시화기행

김병종 지음

4

문학동네

| 차례 |

3부 빛과 생기 속 불멸, 밀라노

4부 신의 손길로 빚은 아름다움

일러두기

1. 작품명, 전시명, 영화 제목은 〈 〉로, 단행본, 잡지는 『 』로 표기했다.
2. 인명, 지명 등 외래어는 국립국어원 외래어표기법을 따랐으나 일반적으로 통용되는 표기가 있
   을 경우 이를 참조했다.

시화기행을 펴내며

그림과 시와 기행을 함께 묶는 책을 내게 되었다. 꼭 해보고 싶은 일이어서 감개무량하다. 시詩에 관해서 내게는 아픈 기억들이 있다. 대학 시절 서울대 대학문학상에 「겨울기행」이라는 시로 당선이 되었는데 장황한 심사평만 실리고 게재되지 못했다. '사정에 의해서'라는 짤막한 사고社告가 달려 있었다. 예컨대 "불온시"로 찍힌 것이었는데, 여기 저기서 시를 게재하라는 요청이 빗발치면서 일 년 후에, 그것도 붉은 줄 쳐진 부분들을 고쳐 싣게 되었다. 너덜너덜해진 시에 마음이 쓰렸는데 그때 어렴풋 깨달았다. 모든 종류의 사랑에는 아픔이 따른다는 것을.

어린 시절부터 나는 그림을 좋아했고 시를 사랑했다. 줄기차게 그리고 읽고 쓰기를 계속했다. 밥숟갈 들면서부터 함께 시작된 일이었다. 그러다 중학교 2학년 때 한 다방을 빌려 〈혹惑〉이라는 이름의 생애 최초 개인전을 열면서 그 다방에서 멀지 않은 인쇄소에서 역시 생애 최초의 시집 비슷한 것을 찍어냈다. 그때 이미 독서의 이력도 상당해서 영미 문학을 찍고 일본 사소설에 빠져 있었다. 억제할 수 없이 끓어오르는 창작에의 욕망을 이런 식으로라도 분출할 수밖에 없었지만 〈혹〉은 불온하다고 비난받았고 시는 불길하다고 질책을 들었다. 그것이 그림과 글을 한꺼번에 끌어안고 가면서 이후 받게 된 그 소나기 같은 질책과 수모의 시작이었음을 그때는 알지 못했다.

수십 년 동안이나 많은 사람들이 다른 입 같은 소리로 한 우물만 파야 한다고들 성가시게 했지만 나는 일란성쌍생아 같은 글과 그림 어느 하나도 미워하거나 버리지 못한 채 끌어안고 여기까지 왔다. 다만 시는 발표 없이 혼자 쓰고 버리곤 했는데 쓰고 버리고를 무수히 반복하다보니 이 또한 야릇한 쾌감이 왔다. 구차하게 발표하며 입술에 오르내리는 것보다 그 편이 훨씬 은밀하고 짜릿했다.

밤이 이슥하도록 쓴 시들이 아침에 찢겨 나갈 때는 마치 옛 요대 궁궐의 말희가 비단을 찢는 것 같은 쾌감이 들었다. 그러다 시와 그림과 여행을 함께 버무려 내놓게 되었다. 나의 시가 햇빛을 보게 되는 순간이었다. 이른바 '김병종의 시화기행'. 문화일보에서 마음껏 시 쓰고 그림 그려보라고 판을 깔아주는 바람에 그 이름을 달고 시작된 일이었다. 물론 내가 시를 쓴다는 것을 모르는 독자들이 왕왕 "어디서 그렇게 딱딱 들어맞는 시를 가져다 쓰는 거냐"는 질문을 해올 때면 곤혹스러웠지만. 연재가 거의 백 회에 이르기까지도 여전히 내가 남의 시를 그때그때 인용하여 쓴다고 아니 기가 막힐 노릇이었지만 그러거나 말거나 나는 즐거웠다. 그토록 암중모색으로 하고 싶었던 일을 하게 되었으니까.

'김병종의 화첩기행'이 신문에 처음 연재되고 책으로 나온 지 이십

수년 만에 『시화기행』이 다시 책으로 묶여 나오게 됐다. 읽는 이들이 내 시와 그림의 창窓을 통해 떠나지 못한, 혹은 떠나왔던 여행의 상념을 어루만졌으면 싶다. 이러구러 생애의 페이지가 다시 넘어가는 소리가 들리는데 혼자 가끔씩 중얼거린다. 나는 화가다. 그리고 시인이다.

과천의 송와松窩에서

김병종

아름다움의 시작과 끝, 로마

1부

밤 비행기로
로마에
　내린다

로마에 세 번 오니 인생의 석양이 되었다.

이번엔 밤 비행기.

날개 끝 깜박이는 불빛에 사선으로 스치는 빗방울이 무연 슬프다.

행여行旅의 끝에서 뭉툭뭉툭 잘려나가는 세월, 세월이여.

여행자의 달콤쌉쌀한 외로움이여.

나는 역마직성驛馬直星의 사내.

다음엔 또 어느 낯선 하늘을 날고 있을까.

오래된 도시 로마의 손바닥 위로 살포시 내려앉는다.

역사의 온기가 아직도 서려 있는 이곳.

말발굽과 창검 소리는 아득한데

그 옛날 사내들이 마시던 시간의 우물.

그 물 한 바가지 켜서 들이켠다.

—

알이탈리아항공을 타고 밤 비행기로 로마에 내린다. 레오나르도 다빈치 공항. 한 여행자가 수염 긴 다빈치를 현전으로 만나는 영화를 비행 내내 본 터여서 이미 비행기에서부터 로마는 몸안으로 스며들어 있다. 다시 한번, 정치는 일시적으로 힘이 세지만 문화는 오래 힘이 세다는 것을 실감하게 된다. 레오나르도 다빈치는 로마에서 여전히 현전이다. 로마뿐 아니라 인류사의 현전이기도 하다.

　호객꾼들이 몰려들어 속삭이듯 혹은 간절한 목소리로 자기 차를 타잔다. 그 사이로 재빠르게 한 청년이 당당하게 내 가방을 낚아채며 앞장을 선다. 핸들을 잡자마자 쉼없이 떠들어대는 사내. 옛날 로마에 왔을 땐 이런 풍경이 아니었다. 그만큼 나라 살림이 어려워진 탓일까. 도로 양쪽으로는 드문드문 켜진 가난한 불빛. 마치 쿠바 아바나에라도 온 듯 멀리서 번져오는 희미한 불빛들은 그러나 아늑해 보인다. 도시에 부가 부풀어오른다 싶으면 과도하게 불빛을 토해내는데 저 희미한 불빛은 노쇠한 천년 제국의 오늘을 말해주는 것만 같다.

　사내는 뚝뚝 끊기는 영어로 쉼없이 떠들어대는데 차는 이발한 듯 삘쭘하게 키 큰 소나무와 무너진 성벽이 이어지는 구도로로 접어든다. 가는 빗줄기와 함께 폐허 같은 유적지 군데군데서 새어나오는 희미한 불

밤의 소묘
모두가 사라진 듯한 외딴 성, 로마.

빛이 애잔하다. 힘이 다한 옛 로마의 마지막 숨결 같다. 검투사도 환호성도 사라지고 적막함만 남은 옛길을 또각또각 말발굽 소리 대신 이탈리아 사내의 장황한 수다를 들으며 택시로 달린다. 군데군데 무너진 담과 그 담을 비추는 불빛이 시내 전체를 고성孤城처럼 보이게 한다. 세상을 호령하던 천년 제국, 달빛 아래 부딪치던 칼과 창의 소리는 어디로 다 갔을까. 피흘림과 환호의 역사는 사라지고 옛 도시는 신화와 이야기로만 남아 있다.

그러려니 했지만 너무했다. 젊은 기사가 스마트폰으로 요금 내역서를 보여준다. 240하고도 몇 유로가 붙어 있다. 호객당했을 때 이미 얼마간 더 얹혀주리니 예상했지만 이건 너무 심했다 싶다. 60~70유로면 올 만한 거리였다. 조용히 항의했지만 막무가내다. 잠시 후 어디선가 나타난 훨씬 나이든 사내가 차 문을 열어주면서 200유로만 내란다. 150유로를 내밀었더니 "리얼 젠틀맨"이란다. 신의 축복이 함께하기를 바란다는 말과 함께. 이 금액을 내고 토막토막이나마 문화 역사 강의를 들으며 로마로 입성한데다 신의 축복까지 얻어냈으니 나쁜 가격은 아니지 싶다. 하지만 호텔에 들어와 사정을 말했더니 저 사람들은 신고당할까봐 일부러 호텔 앞에 차를 안 세운다며 로마의 수치란다. 글쎄 수치일 것까지야. 사는 게 다 그런 거지. 운전대 옆에 붙어 있던 두 살이 되었다는 예쁜 딸아이 사진이 떠올랐다. 더구나 받은 금액을 호객꾼과도 나누어야 할 터이다. 사는 일이라는 게 너나없이 조금쯤 수치스럽고 비굴해야 되는 것 아니겠는가.

다행스럽게도 조금 전 로마의 옛 도로를 지나면서 기사가 그야말로 숨도 안 쉬고 떠들어댄 말들이, 이후 로마에 머무는 동안 흑백필름처럼 토막토막 떠오르곤 했다. 거리를 걸으면서 얼핏얼핏 저것은 카라칼라 황제가 지은 것, 저것은 미켈란젤로가 만든 계단, 저곳은 영화 〈벤허〉를 촬영한 곳. 그런 식으로 들은 그날 밤 해설 속 역사 이야기의 페이지들이 현장을 걸을 때마다 차곡차곡 넘겨지고 있었으니까.

일본의 저명 작가 이노우에 야스시 생전에 그와 함께하는 중국 여행 상품이 있었다. 일본 사소설의 세계를 훌쩍 뛰어넘어 중국이나 고려 같은 인접 나라를 소재로 다채로운 스펙트럼의 역사 소설을 많이 남긴 그와 함께하는 중국 여행은 가격이 엄청나다는 얘기를 들은 적이 있는데 로마의 수다쟁이 택시 기사를 통해 잠시나마 옛 로마의 현장을 누비며 듣는 로마 이야기가 아무렴 100유로쯤은 되지 않겠는가.

자, 로마다. 오랜 세월을 한 바퀴 돌아 다시 찾은 이곳. 젊은 날 건성건성 지나쳤던 풍경들이 이제는 깊숙이 들어온다. 괴테도 니체도 감격하여 이탈리아 기행을 묵직한 책 한 권으로 남겼을 만큼 유럽인의 마음의 고향이자 근원이고 젖줄이라는 이곳. 이제부터 나는 어디로 가고 무엇을 볼 것인가. 방의 하얀 원탁에 미리 놓아둔 웰컴드링크인 샴페인의 뚜껑을 연다. 창밖엔 여전히 빗줄기. 건너편 건물에서 희미하게 새어나오는 간접조명 아래로 간간히 우산을 쓰며 포도를 걷는 사람들의 모습이 보인다. 도시는 적막하기 그지없다. 그렇다. 며칠간 피정을 떠나온 듯 우선 이 옛 도시를 보고 그다음에는 미루어두기만 했던 내면으로의 시간여행을 함께 해보리라.

위대한 로마를 빛낸 예술가들

로마를 위대하게 만든 황제, 장군, 학자는 셀 수 없이 많다. 그러나 오랫동안 폐허처럼 버려지다시피 했던 그 옛날의 로마에 베드로가 순교한 그 기독교 박해의 본산에 베드로의 이름을 딴 대성당이 들어서면서 상황은 달라진다. 고대 로마의 신전이 있던 자리에는 속속 성당과 저택이 들어섰고 일군의 조각가와 화가가 함께 그 이름을 드러낸다.

우선 시스티나 예배당의 <천지창조>를 그린 미켈란젤로 부오나로티를 들 수 있다. 그는 원래 메디치 가문의 '위대한 자 로렌초' 수하의 소년 예술가였지만 약관의 나이에 로마의 한 추기경과 연이 닿아서 걸작 <피에타>를 대리석으로 제작한 이후 로마 교황청의 중심 예술가로 자리잡는다.

불과 37세의 나이로 요절했지만 <아테네 학당>을 그린 라파엘로 또한 뛰어난 예술성과 외모로 미켈란젤로와 그 재능을 겨룬 천재였다. 그를 로마로 불러들인 건축가 브라만테 역시 새로운 로마의 설계자로 꼽히는데 이들 일군의 예술가들은 교황 율리오 2세의 후원과 통제를 받으며 작업을 이어간다. 교황청과 예술가 사이의 이런 후원 종속과 갈등의 관계는 클레멘스 7세, 파르네세 추기경 등으로 이어진다.

지친 삶을
누인 그 집

잊을 수 없네.

코르소 거리 281번지의 그 집.

비토리오 에마누엘레 2세 통일 기념관,

그 희고 웅장한 광장이

창 열면 사선으로 보이는

조용한 골목 포도 위의

코르소 거리 281번지.

주소가 그대로 이름이 된 옛 거리의 작은 호텔.

정갈한 2층의 그 방.

대륙의 이곳저곳 옮겨다니며

고단한 육신을 뉘었지만

코르소 281,

육체뿐 아니라

영혼까지도
완전한 쉼을 준 그 집.

희부윰한 새벽엔 글을 쓰고
은색의 빛이 아침을 몰아오면
쓰디쓴 에스프레소 한잔으로 그 빛을 맞아들이던 그곳.

어떤 압도적 광경 앞에서도 누려보지 못한
작은 아름다움과 고요의 기쁨을
로마의 한 작은 호텔에서 누리게 될 줄이야.
하얀 면 식탁보 위로
정갈하게 차려지는 아침식사.
환히 웃는 젊은 남녀가
멀리서 온 친척을 대하듯 차려주는
코르소 281의 아침식사.

무엇보다 이곳은 작은 디자인 학교,
클래식과 종교적 미학이 포개지는
따뜻하고 아름다운 집.
없는 듯 있고
있는 듯 없는 그 색들, 선들, 형태들.
부드럽고 따뜻한 그 빛들, 그 감촉들.
내 몸의 세포가 올올이 기억하는 그 느낌들이라니.
그 위에

미소, 절제된 친절.
언어를 넘어서며
사람이 장소와 하나로 포개지는 그 느낌.
상업적 미소면 어때.
나그네에게 물 한 모금처럼 필요한 것이
모든 종류의 따뜻함과 온화함 아니겠나.

광장의 비토리오 흰 건물은
밤새 간접조명을 받아
사원처럼 고즈넉한데
창문을 열면
어디서부터 오는 걸까.
뺨에 닿는 공기의 알갱이들.
신神은 은실을 짜듯 새벽을 열고
나는 하얀 종이 위로 펜을 달렸지.

로마 코르소 거리 281번지.
사는 것이 힘들고 고달파질 때면
피정을 떠나듯
다시 찾아가고 싶은
그곳, 그집.

—

호텔 코르소 281. 작지만 이름처럼 세련되고 정갈한 호텔이다. 무엇보다 주인인 듯싶은 젊은 여성이 직접 경영하는 듯 일본 식당에 들어선 것처럼 친절하다. 창밖으로는 광장을 슬쩍 비끼면서 비토리오 에마누엘레 2세의 통일 기념관이 보인다.

숙소 하나를 가지고 웬 호들갑이냐고? 그럴 수도 있겠다. 하지만 오래 걸어본 자는 안다. 그리고 다시 걸어야만 하는 먼길을 앞둔 이도 안다. 지친 다리뿐 아니라 영혼까지 뉘일 장소가 필요하다는 사실을. 코르소 거리 281번지 그 집에서 나는 위대한 이탈리아 고전의 옷자락을 만진 느낌이었다. 그전까지는 뭐랄까, 이탈리아가 선조들의 광휘에 너무 짙게 주눅든 듯한 느낌 비슷한 것을 받았다. 심지어 이탈리아 고전의 진정한 전승자는 프랑스라는 나름의 편견도 가지고 있었다. 그러나 이 작은 호텔에서 며칠을 묵는 동안 우아하고 장엄한 그러면서도 섬세한 고전과 조응하는 새로운 차원의 미美를 만나게 되었다.

물론 창을 열면 건너편에 미술관 건물이 있고 밤새 은은한 간접조명이 맞은편 벽면을 쓰다듬으며 우아한 형태를 보여준 까닭도 있었을 터이다. 어쨌거나 뜻밖에 이 작은 호텔이 이탈리아 고전 디자인의 아름다움과 연결되어 있다고 느꼈다. 눈으로만 보는 디자인은, 특히 오늘날

카사비앙카
우아하고 아름다운 집을 만나는 기쁨 또한 여행의 맛이다.

대세가 된 미니멀 디자인은 싸늘하다. 그리고 불편하다. 무엇보다 인간을 소외시켜버린다. 코르소 281에 묵는 동안 디자인 쪽에서 일하는 몇몇 지인을 떠올렸다. 그 옛날의 바우하우스만 유람할 것이 아니라 이 집에 묵으며 완전히 격이 다른 삶 속의 디자인을 직접 체험해보라고 권유하고 싶어졌던 것이다. 무엇보다 호텔을 업으로 하는 사람들을 줄줄이 불러내 견습시키고 싶다는 생각까지 들 정도였다.

그뿐인가. 한국의 공공디자인을 입안하고 설계하고 시공하는 사람들에게도 하루이틀이라도 이곳에 짐을 풀어보라고 권유하고 싶어졌다. 눈에 보이고 손으로 만져지는 이탈리아적 정체성의 아름다움을 함께 체험하고 돌아가 우리도 한국의 미의식을 저마다의 공간에 살려내준다면 좋겠다 싶었다.

그렇다. 코르소 281에서 나는 위대한 천 년 제국 로마의 견고한 아름다움이 어떻게 오늘날 삶의 공간까지 면면히 흘러왔는가 그 실마리를 엿보았다. 어디선가 보고 들은 광고 같지만, 그들이 해냈다면 우리도 할 수 있을 것이다. 옛 왕조가 세운 그 고졸하고 섬세하면서도 단아하고 격조 있던 한국의 미를 오늘에 되살리고 계승하는 일 말이다.

신라의 장엄함과 백제의 우아함이 은은하게 살아 있는 집들을 우리라고 왜 짓지 못하겠는가. 내일부터는 본격적으로 이탈리아 기행을 시작할 것이다. 하늘의 뭇별 같은 천재들의 작품 앞에 서게 될 것이다. 예술가의 자취도, 그들이 남기고 간 예술품도, 결국 건축이라는 그릇에 담긴다. 삶과 예술이 담기는 건축, 그래서 중요하고 또 중요하다. 한때 건축가가 되고 싶었던 나는 여행지에서 늘 습관처럼 건축 일기 비슷한 것을 쓴다. 아니 일지라고 하는 편이 낫겠다. 나도 모르게 쓰고 버리기를 계속한다. 우아하고 아름다운 집 한 채를 만나면 좋은 사람을 만나는 듯한 기쁨이 있다. 고전의 바다로 떠나기 전 우연히 찾아든 로마 뒷골목 코르소 281호텔이 내겐 그런 곳이었다.

로마에서 숙소 선택하기

연중무휴 비수기 없이 관광객들은 로마로 몰려든다. 하지만 그 수에 비해 호텔 수는 그리 많지 않다. 그래서인지 박물관이나 성당이 많이 자리한 역사 지구 안에 숙소를 잡기가 여간 어렵지 않다. 관광객이 특히 많이 찾는 콜로세움이나 카피톨리니박물관 인근에는 마땅한 곳이 별로 없다. 테르미니역 주변이나 보르게세 공원 쪽으로 가면 작은 호텔이나 모텔이 있긴 한데 도심에서 비켜난 것이 흠이다. 가끔 역사 지구나 유적지 가까운 골목에 숨어 있는 작은 호텔을 만나게 되는데 이번에 방문한 디자인 호텔 코르소 281도 그중 하나다.

코르소 281 호텔.

한나절의
드로잉

콜로세움.
공룡의 뼈 같은 거대한 집.
아직도 아련한 함성이 들려오는 것만 같은데.
제국의 시간들은 일제히 문을 닫고
역사는 저물어
돌 위의 희미한 지문으로만 남아 있다.

저만치 만년설 같은
시간의 산을 바라보는데.

내가 선 이곳은 쨍한 한낮.

—

나이들어간다는 것은 이별이 많아진다는 이야기도 되는 것 같다. 문상과 병문안 가는 일이 부쩍 잦아지고 있다. 지난주 한 지인의 문병을 다녀왔다. 질풍처럼 세월을 달려온 사람이어서 하얀 시트 위에 누워 있는 모습이 생소했다. 그가 담담히 웃으며 말했다.

"의사가 점쟁이처럼 말하더군요. 세 달쯤 남았다고요. 근데 가끔씩 그 세 달이 지루하다고 느껴질 때가 있어요."

'오죽 힘들었으면' 싶었다. 그는 이런 말도 했다. "차마 손 놓을 수 없을 것 같은 인연들도 이제는 훌훌 떠나보낼 것 같아요. 고통도 지그시 응시하다보면 거기서 쾌감 같은 게 생기더라니까요." 앙상해진 육신에 줄줄이 주삿바늘 줄을 달고서도 눈동자만은 찬란하리만큼 초롱했다. 창밖을 보며 그가 중얼거렸다. "밖엔 단풍이 한창이겠군요. 곧 하얀 눈이 내릴 거고." 마치 생사의 강을 건너가 강 이쪽을 바라보듯 담담했다. 소독약 냄새 자욱한 병원 문을 나서니 우수수 노란 은행잎이 사선으로 날린다.

대저 나고 죽는 것은 무엇인가. 결국 저렇게 소멸해갈 것이었다면 한여름의 무성함 같은 인생의 푸른 풍경은 무엇이었단 말인가. 코로나가 덮치기 직전 나는 로마에 있었다. 신전의 긴 회랑을 걸을 때 스친 생각 하나. 권력자들 역시 자신이 조만간 덧없이 지고 마는 생명이라는 사실을 알았기에 자기를 데려갈 그 무자비한 '시간'에 맞서서 가급적 오래 남겨질 만한 무언가에 집착했으리라는 것. 그래서 건축가, 조각가, 화가의 손을 빌려 한사코 자신의 육체보다 더 견고하고 오래갈 그 무언가를 자신의 이름으로 만들고 싶어했으리라는 것. 심지어 하늘에 그 이름이 기록되기를 소망하던 교황들마저도 땅 위에 그 이름을 먼저 새기고 싶어했다는 것.

로마행 비행기 안에서 영화 〈로마의 휴일〉을 다시 보게 되었다. 인생 절정기의 그레고리 펙이 막 피어오르는 꽃봉오리 같은 오드리 헵번과 로마 유적지를 순례하듯 다니는 일종의 로드무비였다. "세기의 요정" "불멸의 아름다움" 같은 찬사가 오드리 헵번을 늘 따라다녔지만 만년의 그녀는 마른 넝쿨처럼 쇠약해진 육신으로 삶의 무게를 겨우 지탱해내듯이 보이다가 예순넷의 나이에 지고 말았다.

해 아래 새것이 없고 지상의 아름다움 가운데 불멸은 없다. 어쨌거나 나로선 세번째 찾는 로마가 이번 생의 마지막일 거라고 생각해서인지 발길이 분주해진다. 아침이면 호텔을 나서서 미리 적어놓은 목록을 따라서 동선을 긋고 다니는데 그렇게 유적지를 돌다보면 어느새 석양이 진다. 그런데 밤의 로마는 어두운데다 아연 적막강산이 된다. 시장기가 들어도 밤이 늦으면 불 켜진 식당을 찾기가 쉽지 않다. 그렇게 희미한 불빛에 의지하여 어두운 도시를 걷다보면 몸이 거대한 박물관에 들어온 것만 같다. 문제는 그토록 부지런을 떠는데도 결국엔 내가 혐오하던 주마간산 여행밖엔 되지 않는다는 사실이다. 그마저 놓치는 것이 태반.

그래서였을까 일본인 시오노 나나미는 이 도시를 몇 번 드나들다가

추색(秋色)
푸르름을 지나 소멸해가지만 여전히 빛은 꺼지지 않는다.

아예 눌러앉아서 진검승부하듯 글을 써나갔다. 그렇게 이십여 년의 세월 동안 집필한 책이 대작 『로마인 이야기』였다. 로마를 소재로 한 영화가 영상으로 로마의 외피外皮를 훑고 지나가며 그 안에 가공 인물을 삽입하여 진행된다면 『로마인 이야기』는 로마의 역사 속으로 들어가 렌즈를 미시와 거시 차례로 들이대 흙으로 돌아간 인물들을 생생하게 복원해내는 영화 같은 문필세계다. 광부가 갱도로 파고들어가듯 그녀는 로마의 시간 속으로 들어가 초혼하듯 흙이 된 사람들을 소환하여 갑옷을 입히고 투구를 씌운 셈이다. 아닌 게 아니라 그러지 않고서는 제대로 알 수 없을 것처럼 이 도시는 불가사의하다.

오늘은 콜로세움을 건너다보며 물가의 카페에 앉아 드로잉을 두세 장 남겼다. 내일은 '로마의 자존심'이라는 캄피돌리오 광장으로 나가보려 한다. 한때 '세계의 머리'로 불렸다는 그 광장에는 박물관과 미술관이 있고 미켈란젤로가 디자인했다는 돌계단 코르도나타Cortonata가 있다. 하루를 닫으며 멀리 하얀 비토리오 에마누엘레 2세 기념관을 바라본다. 그리고 물어본다.

로마, 너는 누구냐.

로마에서의 시간 여행

'영원의 도시' '예술의 도시' '종교의 도시' '역사 도시' '박물관 도시' 등 로마는 다양한 이름으로 불린다. 그만큼 유럽 도시 문명의 원류이기도 하다. 2800여 년이라는 장구한 역사가 쌓인 이 제국의 도시는 그 자체가 거대한 박물관이나 다름없다.

고대뿐 아니라 르네상스와 바로크 같은 중세도 포괄하기에 로마 여행은 시간을 가로지르는 여행이라고 할 만하다. 길가에 뒹구는 돌멩이 하나에도 사연과 역사 속 숨결이 숨어 있다고 할 정도로 엄청난 문화 유산을 보유한 도시다. 특히 미술사를 수놓은 기라성 같은 화가, 조각가의 작품을 수없이 많이 만날 수 있다.

로마를 배경으로 한 대표적인 영화로는 <로마의 휴일> <글래디에이터> 등을 들 수 있다. 세기의 요정 오드리 헵번과 미남 그레고리 펙이 로마에서 만들어 간 꿈같은 사랑 이야기를 보여주는 <로마의 휴일>. 검투사를 내세워 로마 황실의 타락과 광기를 보여주는 <글래디에이터> 모두 로마의 분위기를 잘 전해준다 하겠다.

피의 역사가
　시작되기 전,
　　고요가 있었다

유적지의 돌팍에 내리는
가난한 햇빛,
서늘한 그늘.

키 큰 소나무 위로
빠르게 지나가는 구름,
빠르게 흐르는 세월.

움직임 없고 고요한 것들 위로
부지런히 오고 빠르게 가는 것들.
나는 여기
홀로 서 있는데
그렇게 오고가는 것들.

—

로마를 걷는다. 로마를 걷는 것은 그냥 땅 위를 걷는 것이 아니다. 역사의 숨결 위를 걷는 일이다. 시간뿐 아니라 공간을 이동하며 걷는 일이기도 하다.

로마. 지상에 인간이 세운 도시 중 이토록 불가사의한 곳이 또 있을까. 피의 제국으로 탄생하여 성지가 된 곳. 기독교의 성지일 뿐 아니라 고전미술과 건축의 역사가 된 곳. 조그마한 도시로 시작하여 정복 국가로 유럽의 중심이 되었던 곳, 그리하여 허다한 종교인과 유럽 지성인들의 순례지이자 종착지가 된 곳. 도시 전체가 담 없는 박물관인 곳. 그 로마가 태동되었다는 팔라티노 언덕을 향해 걷는다. 로마는 거기서부터였단다. 무너진 옛 성벽과 풀 사이에 나뒹구는 돌맹이, 그 위로 부딪치는 햇살과 노는 아이들의 웃음소리.

콜로세움, 포룸, 판테온, 개선문…… 즐비한 고대문명의 흔적이 오늘의 삶과 함께 어우러지는 곳. 역사와 시간과 문명의 공존. 검투사의 붉은 피와 순교자의 흰 피가 섞여 흐르는 도시.

키 큰 소나무 아래의 철책에서 숯 굽는 가마터 같은 유적지를 내려다본다. 여기저기 무너진 벽돌은 시간의 파편들 같다. 까마득한 옛날에 늑대 젖을 먹고 자라났다는 쌍둥이 형제 로물루스와 레무스는 이 언덕

폐허에서
시간의 파편이 여전히 현재와 어우러진 풍경을 바라본다.

위에 나라를 세우기로 했고 팔라티노 언덕과 아벤티노 언덕을 각각 후보지로 정했단다. 하지만 어느 날 동생 레무스가 형 로물루스의 영지인 팔라티노 언덕을 탐내 넘어왔고 이에 격분한 형은 동생을 죽인다. 이곳에서도 카인과 아벨 같은 피의 역사가 시작된 것이다. 동생을 죽이고 유일자가 된 로물루스는 팔라티노 언덕에 나라를 세우고 자기 이름을 따서 로마Roma라고 명명했다. 이는 에트루리아어로 "가슴이 강한 자"라는 뜻의 "루마Ruma"에서 왔단다.

"가슴이 따뜻한" 신의 아들 예수가 태어나기 753년 전의 일이었다. 이 신화와 전설을 한사코 사실로 내세우고 싶었던 것일까. 고대 로마의 중심지인 포로 로마노로 내려가보면 실제로 '로물루스의 집'이 있다. 궁전이라기보다는 얼기설기 지은 움막 같은 곳인데 초대 황제 아우구스투스는 이곳을 신전처럼 보살폈다고 전해진다. 무너지거나 뼈대만 남은 포로 로마노는 마치 거대한 묘원 같은데 이 팔라티노 언덕 아래의 터를 옛 로마인들은 천하의 길지로 여겼단다. 귀족과 재력가가 이곳으로 속속 모여들어 저택을 지었고 제국이 멸망할 때까지 그 명성이 이어진다. 돌이 뒹구는 무너진 집터가 애잔하다. 이곳이 한때 세계 문명의 중심이었다니 허망하기까지 하다.

아우구스투스 황제는 팔라티노 언덕에 아폴로 신전을 세우는데 이곳에 자신의 거처와 신전을 함께 지은 것은 자신이 로물루스의 진정한 계승자임을 표방하고 싶었기 때문이었다는 것. 아우구스투스를 이은 로마제국의 제2대 황제 티베리우스의 이름을 딴 도무스 티베리아나 궁전이 아우구스투스의 집 옆에 자리함으로써 양치기들의 땅이었던 팔라티노 언덕은 팔라조Palazzo 즉 팰리스Palace로 환골탈태된다. 하지만 진정한 팰리스의 위용을 드러낸 것은, 제10대 로마 황제인 티투스 사후 즉

위한 제11대 황제 도미티아누스 때였을 것이다. 그는 십 년 이상 총력을 기울여 전무후무한 새 궁전과 거대한 규모의 스타디움Stadium이라 불리운 옥외 건물을 짓는다. 그리고 이를 완성한 지 오 년 후인 96년에 자신의 침실에서 자객의 손에 살해당한다.

팔라티노 언덕에서 스케치를 몇 장 하고 나니 멀리 병풍 같은 건물에 그늘이 내린다. 사람은 가고 집은 남아 있다. 노는 아이들도 돌아가고 천지는 고요하다. 무너진 고려 궁터 만월대를 돌아보며 지었다는 노래 〈황성옛터〉의 구절이 떠오른다. 그 노래 가사처럼 성은 허물어져 빈터인데 그곳의 풀만 푸르르고 밤이 되니 달빛만 고요하다.

팔라티노 언덕을 떠나오면서 뒤돌아보니 그 푸르른 풀밭 위로 어스름 저녁빛이 스며든다. 이제 곧 폐허 위로도 교교한 달빛이 떠오를 것이다.

로마의 기원, 팔라티노 언덕

로마의 탯자리로 알려진 팔라티노 언덕의 라틴어 명칭은 몬스 팔라티누스Mons Palatinus이고 팔라티움Palatium이라고 부르기도 한다. 양치기들의 수호신 팔레스 Palas를 위한 축제가 열리는 4월 21일에 로마의 시조 로물루스는 나라를 세웠다고 전해진다. 로마라는 이름을 두고 로물루스의 이름을 따서 '로마'라고 이름을 지었다거나 흐르다는 의미의 라틴어 '루몬'에서 유래했다는 등 다양한 학설이 존재한다.

어떻든 간에 이 팔라티노 언덕은 로마 흥망의 역사와 궤를 함께했다. 전성기에는 왕궁과 신전, 경기장, 대형 목욕탕, 대저택이 이곳에 밀집해 있었다고 한다.

로마의 유적지를 스케치하는 저자의 모습.

그대 죽어
눈뜨리

좌우의 대리석 열주 사이에서 새어나오는 불빛 하나.
왜 저 어둠 속의 불빛은
늘 내 죄 쪽을 향해 비쳐오는 것만 같을까.
반지하 계단 아래
그리스도 탄생의 말구유.
멀리서 가까이서
은은한 성가의 코러스.
대리석 바닥으로 걸어오는
조용한 발소리에
일렁이는 촛불.
가장 천한 것이
이제는 가장 귀한 성물 되어
기도하는 교황의 대리석

석상 앞에 그렇게 놓여져 있는데
골짜기의 물이 모이듯
발소리는
한사코 그 구유 쪽으로만 모아진다.
천장에서는
마르코폴로가 동방에서 가져왔다는 금의 장식들.
그 사이의 빛은
무릎 꿇은 사람들 어깨 위며
대리석 계단 위에 은총의 비처럼 나리운다.

여기는 비루한 지상과
광휘로운 천상이 만나는 곳.

—

작고 반들반들하고 오래된 돌로 이뤄진 골목을 걸어 성당을 찾아간다. 이 좁고 불편한 돌길을 걸을 때마다 이곳으로 지나간 시간과 역사를 생각하라는 것인가 싶다. 점심을 준비하는 걸까. 여기저기에서 피자 굽는 냄새가 퍼져온다. 유리창 너머로는 맥주잔을 기울이는 모습도 보이고 앞치마를 한 채 음식을 나르는 사내도 보인다. 신의 마을에 사는 인간 동네의 풍경이 따뜻하다. 문득 허기가 들었지만 오늘만은 뎅겅뎅겅 종소리 울리는 쪽을 따라 육체보다 영혼의 허기를 달래줄 곳으로 간다. 그런데 성당 입구에는 웬 총을 든 군인들이 서 있고 세관을 통과하듯 짐 검사를 받아야 한다.

'험한 시절이니……' 하다가 문득, 그리스도의 형상이 새겨진 마호가니빛 장중한 문에 눈길이 끌린다. 저 문을 통과해 들어가기 위해 죄를 묻지 않아 다행이다 싶다. 소지품보다 당신이 지은 죄의 목록을 먼저 꺼내 보이라 하지 않은 것, 얼마나 다행인가 말이다. 밖은 어제 내린 비가 아직도 오락가락하고 하늘은 회색 구름으로 뒤덮여 있는데 한 발짝 사이로 성당 안은 전혀 다른 세계다. 고요. 그리고 오래된 시간의 냄새. 어디서인지 알 수 없는 그레고리안 성가 같은 하모니, 희미한 빛이 새어나오는 대리석 열주들. 여느 성당과 달리 예배용 긴 의자가 없이,

무제

영혼의 허기를 달래는 성당은 밖과는 전혀 다른 세계다.

중앙 통로를 비워두었다. 묵직한 파이프오르간 소리와 성가의 코러스만 없다면 여느 미술관과 달라 보이지 않을 정도이다.

좌우의 벽화와 성상 조각을 보며 긴 회랑을 걸어 제대 앞쪽으로 가니 지하 쪽에서 환한 빛이 올라온다. 그리스도 태어나신 베들레헴의 그 말구유를 보관한 은색 함이란다. 사람들은 그 앞에 무릎 꿇고 짧은 기도를 드렸다. 그냥 성호만 긋고 일어서는 이도 보인다. 나도 잠시 무릎을 꿇고 앉아보지만 머릿속이 진공이다. 침묵의 언어로나마 기도하고 싶었지만 어디서부터 실타래를 풀어야 할지 막막하다. 게다가 내 입술의 부정한 혀로 중언부언하기에 성소는 너무나 거룩했다. 그러고 보면 언어 아닌 성호만 긋고 일어서는 말 없음의 신체 언어가 훨씬 좁은 것 같다.

사실 속죄 기도라면야 나도 석 달 열흘쯤은 드릴 수 있다. 통곡으로도 모자랄 죄의 목록은 남부럽지 않게 가지고 있으니까. 옆구리에서 종일토록 소리 지르는 원숭이 새끼처럼 성가시게 붙어 있는 죄, 죄, 죄. 그러니 나 또한 종국에는 마음의 문설주에 바를 어린 양의 피 한 방울을 나누어주십사 무릎 꿇을 수밖에 없는 일이다. 천장의 금빛 광휘는 아득히 이어지며 분절하고 또 분절하여 다시 몇 개의 천장을 만든다. 아, 그 끝없이 이어지는 빛의 우주라니. 사물은 모두 그 빛 속으로 빨려들어가는데 차마 버릴 수 없이 지나가는 한 줄기 욕심 하나. 어느 날, 문득 죽어 눈떴을 때에도 나 또한 부디 그분의 저런 빛의 나라 속에 있다면 하는 바람.

일어서서 다시 중앙의 길고 넓은 대리석 홀을 걸어나오는데 천장 가까운 쪽에 하얀 창 하나가 보인다. 그새 하늘이 맑아진 걸까, 이제는 환한 바깥의 빛이 그 창을 통해 들어오고 있었다. 문득 그 빛에서 소리가 들려오는 듯했다. 너의 발걸음을 정靜하게 하라. 나의 가르침을 마음으로부터 내려놓는 일 없이 너의 길을 가라. 넘어지고 비틀거리는 걸음으로나마 부지런히 걷고 걸으면 어느 날 그 길 끝에서 참빛을 만나게 되리니……

성모마리아를 위한 산타마리아 마조레 대성당

산타마리아 마조레 대성당은 로마의 4대 성당 중 하나로 꼽힌다. 위대하다는 의미의 마조레 대성당은 성모마리아에게 봉헌된 '거대한' 성당이라는 의미도 내포하고 있으며 한때는 교황의 임시 관저로도 쓰였다.

전설에 의하면, 358년 8월의 어느 무더운 날, 로마의 귀족 조반니와 그의 아내의 꿈에 성모마리아가 나타나 아이를 원하는 그들의 바람을 들어주겠다고 얘기한다. 그러면서 자신이 기적적으로 모습을 드러낼 장소에 교회를 지어달라고 부탁한다. 이들은 자신과 같은 꿈을 꿨다는 교황 리베라우스를 찾아가고 한여름에 눈으로 덮인 에스킬리노 언덕을 보게 된다. 이에 에스킬리노 언덕에서 가장 높은 자리에 산타마리아 마조레 성당을 세운다. 이 때문에 매년 8월 5일 성모 대성전 봉헌 축일에 예배가 진행되는 동안 천장에서 하얀 꽃잎을 떨어뜨리며 이 기적적인 일을 기념한다.

교회 내부에는 지하 묘지와 박물관 등 다양한 볼거리가 있다. 교황 식스토 5세를 위해 지은 시스티나 예배당, 교황 바오로 5세를 위해 지은 파올리나 예배당을 비롯해서 여러 예배당이 있다. 그중에서도 성모자상인 <살루스 포풀리 로마니>가 있는 파올리나 예배당, 미켈란젤로가 참여했다는 스포르자 예배당 등이 인기다. 이스라엘에서 가져왔다는 예수 탄생 말구유도 이곳에 있는데 지금도 수많은 순례객이 이를 보기 위해 찾는다.

산타마리아 마조레 대성당

주소: Piazza di Santa Maria Maggiore 42, 00185 Rome Italy

홈페이지: https://www.basilicasantamariamaggiore.va

예수 탄생 말구유 앞에서.

백색 피
　그 위에 핀
　　붉은 꽃

화염으로 붉어진 얼굴.
어부는 물에 젖은 손으로 그 이마를 짚어준다.
욕망과 죽음과 함성이
콜라주되어
피의 강에 꽃잎처럼 떠가는데
아직도 못다 죽은 죽음들이
다만 죽기 위해 속속 모여드는 곳.
이제는 로마,
그 혼불들로
밤중에도 환한
빛의 도성이 되다.

"자유와 진리에 도달하려면 불의 강을 건너는 것 말고는 도리가 없다."
프리드리히 니체의 말이다. 그는 이런 말도 했다. "언제까지나 제자로
만 머무르는 건 스승에 대한 좋은 보답이 아니다." 자신의 삶 자체가
질풍노도였던 시인이자 철학자 니체는 마지막으로 '위대한 삶'이란
"어떤 이들이 체험하는, 죽어서 다시 태어나는 삶"이라고 규정했다. 산
피에트로 인 빈콜리 성당. 미켈란젤로의 모세상노 있지만 베드로가 로
마로 압송될 때 그를 묶은 쇠사슬이 여직 보관되어 있대서 유명해진 성
당이란다.

　　마호가니 목재문 좌우에는 각각 쇠사슬과 모세상의 작은 액자가 부
조처럼 박혀 있다. 베드로의 실존이 피부로 다가온다. 스승을 세 번 배
신하고 심지어 저주까지 하며 부인했던 제자는 자기 생업의 현장에 부
활하여 나타난 예수를 만난 후 비로소 일어서서 로마 쪽을 바라본다.
작은 어촌에서 어부로만 생존해가는 삶은 진리를 위해 죽음의 길을 간
스승에 대한 보답이 아니라고 생각했다. 베드로는 스승 예수의 길을
가려면 자신 역시 '불의 강'을 건너는 일 외에는 도리가 없다는 결론에
도달한다. 그는 "죽음으로서 다시 태어나기 위하여" 비아 돌로로사Via
Dolorosa 즉 고난의 길, 슬픔의 길로 로마행을 결심한다.

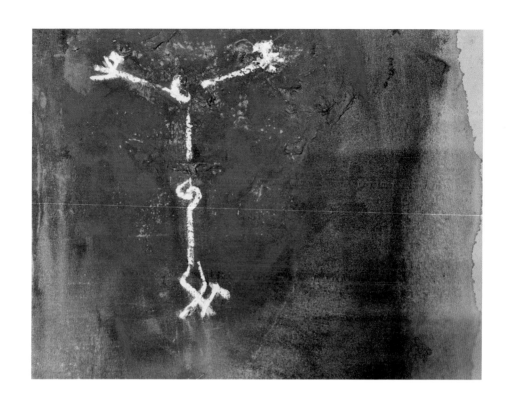

못 세 개
스승 예수와 마찬가지로 베드로 역시 '불의 강'을 건넜다.

하지만 막상 로마 입성을 앞두고 결심은 두려움으로 출렁이는데 이때 다시 어디론가 가고 있는 스승 예수를 만나게 된다. 제자가 "쿼바디스 도미네? 어디로 가십니까, 주님" 하고 묻자 스승은 "네가 버린 양들을 위해서 로마로 들어가 다시 십자가에 못 박히려 한다"고 대답한다. 비로소 디베라 바닷가에서 만났을 때 자신의 배신에 대해서는 일언반구도 하지 않던 스승이 "내 양을 먹이라"고 간곡하게 당부했던 말이 떠올랐다. 그는 돌아서서 죽기 위하여 로마로 들어간다. 그리고 십자가에 거꾸로 매달려 순교했다(고 전해진다). 하지만 네로의 박해가 극에 달하던 그해(서기 67년) 죽기 위해 로마로 온 이는 비단 베드로뿐 아니었다. 바울 역시 쇠사슬에 묶여 로마로 왔고 사형 선고를 받고 며칠 후 형장에서 목이 베인다. 그야말로 티베르강이 순교자의 피로 물들 만큼 수많은 목숨이 죽어간다. 그런데 이 신혈 낭자한 죽음의 땅 로마가 어떻게 기독교 성지로 탈바꿈한 건지. 진실로 한 알의 밀이 땅에 빌어져 죽음으로서 이루어진 기독교적 역설인가.

이제 로마는 불의 강을 건넌 이들이 이룬 생명의 화원으로 만개해 있다. 성당마다 촛불이 일렁이고 예배와 순례의 발길은 그치는 법이 없다. 역사는 참혹한 죽음의 그림자를 황금빛 광휘에 내어주었다. 성당을 돌아보며 "죄가 더한 곳에 은혜가 더욱 넘친다"(「로마서」 5장 20절)는 구절을 떠올린다. 바울은 왜 이런 기록을 남겼을까. 로마에서 이 년여 동안 지하 감옥 생활을 했던 그였기에 그 죄의 땅에 곧 흩날릴 은혜의 꽃잎을 보았을지도 모른다.

어제 나는 산타마리아 마조레 성당에 가서 예수 태어나신 말구유가 보관되어 있다는 보석함 앞에 무릎을 꿇었다. 이제는 베드로를 묶어온 쇠사슬 앞에 다시 선다. 다소 유물론적이지만 죄와 은혜의 머나먼 거리는 이곳 로마에서 이 두 오브제에 의해 하나로 연결된다. 죄의 '붉음'을 흔드는 은혜의 '하얀' 진동이 내게는 보색처럼 대비되며 소용돌이쳐온다.

높고 하얀 열주와 황금빛 천장의 반사 때문일까. 성당을 걸어오는데 가벼운 현기를 느낀다. 사실, 이 기우뚱한 안정감의 실종은 휘황한 성당이나 교회당에 오면 순간적으로 발생하는 일종의 질환이다. 문을 들어서는 순간부터 고개를 드는, 나는 어디에 있고 어디로 가고 있는가에 대한 질문을 피하고 싶은 애처로움이 그런 식의 신체 반응으로 나오는 게 아닌가 싶다.

햇빛 쏟아지는 들녘에서 죽음의 광기로 부풀어오른 로마로 발길을 돌린 베드로. 그때가 바로 평범한 시골 어부에서 '반석'의 위대한 삶으로 다시 태어나는 순간이었을 것이다. 보이지 않는 쇠사슬에 묶여 한 발도 앞으로 내딛지 못하는 내게도 어느 날 섬광처럼 그런 순간이 올 수만 있다면, 그리하여 어두운 달의 환한 이면처럼, 보이지 않은 죽음의 저편마저 환하게 보일 수만 있다면.

기독교 공인과 성녀 헬레나

기독교를 공인한 로마 황제 콘스탄티누스의 뒤에는 독실한 신자였던 어머니 헬레나가 있었다. 본래 소아시아 북서부 비티니아 지방의 드레파눔에서 여관집 딸로 태어난 헬레나는 신분 차이에도 불구하고 훗날 로마 황제가 되는 콘스탄티우스 장군을 만나 결혼한다. 둘 사이에 아들이 태어나지만 정치권에서 헬레나의 신분을 문제 삼아 결국 두 사람은 이혼하고 콘스탄티우스는 막시미안의 의붓딸 테오도라와 결혼한다. 하지만 막시미안이 죽자 콘스탄티우스의 아들 콘스탄티누스가 황제로 추대된다. 이 과정에서 기독교를 접한 헬레나는 황제가 된 아들을 꾸준히 설득한다.

그러던 중 콘스탄티누스가 라이벌 막센티우스와 전투하러 가는 길에 꿈을 꾼

산피에트로 인 빈콜리 성당 안에 보관된 베드로를 묶은 쇠사슬.

다. 꿈속에서 그는 하늘에 나타난 십자가 형태의 빛을 보고 "이것으로 이기리라"라는 메시지를 받는다. 이 꿈을 신의 계시로 받아들인 콘스탄티누스는 이를 전투의 상징처럼 자신의 군대가 쓰는 방패에 그림으로 새겨넣는다. 그렇게 전투에 임해 결국 막센티우스를 꺾고 로마 황제 자리에 오른다.

이후 기독교로 개종한 콘스탄티누스는 313년 기독교를 공인하는 밀라노칙령을 반포하고 투옥시킨 모든 신자를 풀어준다. 이때의 일을 화가 피에로 델라 프란체스카가 <콘스탄티누스의 꿈>이라는 프레스코화로 남긴다. 이 그림은 현재 이탈리아 토스카나주 아레초에 위치한 성 프란치스코 대성당 내 바치 경당에서 볼 수 있다.

모세여,
왜
  말이 없는가

고독의 맨 아래 쪽까지 내려가보자.
손가락 끝에 닿는 어둠의 냄새.
생애의 풍경들을 지나쳐서
빠르게 지나쳐서
내가 뱉어낸 쓰디쓴 기억들과
웅숭하고 혹은 남루한 시간들.
더는 내 몸에 닿지 않도록
조심조심
아래로, 더 아래로
깊디깊은 아래로.
그리하여 마침내
뭉글뭉글하기도 하고
투명한 빛 같기도 한 거기

땅 같기도 하고
허공 같기도 한
바로 거기서 끌과 망치를 들자.
침묵의 한 덩이 대리석이
마침내 말하고 숨쉬기까지
그렇게 아래로 아래로
한없이 아래로.

———

나는 지금 41미터 길이의 그림 작업에 매달려 있다. 아침에 하얀 화판 앞으로 다가가면 백색 공포 비슷한 것이 온다. 칼 대신 붓 한 자루 들고 맹수 앞에 선 느낌이다. 저녁이 되어 허리를 펴고 일어설 때쯤에야 두려움은 분홍빛의 안온함으로 바뀐다.

어느 날 문득 이보다 큰 작업을 한 작가가 있었던가 하고 뒤적여보니 미켈란젤로의 시스티나 예배당 천장화가 가로 41미터에 세로 14미터 면적이었다. 게다가 천장까지의 높이만 해도 20미터에 달했다. 나는 기껏 허리를 구부릴 뿐이지만 그는 오랜 시간 까마득하게 높은 비계 위에서 고개를 젖힌 채 작업을 해야 했다. 작업이라기보다는 거의 고행이었을 것이다. 목디스크에 시달렸을 것은 불문가지다. 육십대의 나이에 그 엄청난 집중력과 열정은 어디로부터 온 것일까.

산피에트로 인 빈콜리 성당. 여기서 다시 시스티나 천장화에서 느낀 그 압도적인 기운과 만난다. 이번에는 거대한 조각이다. 카라라 석산에서 막 떠내온 듯싶은 대리석 바윗돌로 자신만의 모세상을 빚어놓은 미켈란젤로. 『성경』속 다윗을 자신만의 데이빗으로 조각하듯 한 호흡 한 호흡을 망치에 실어 모세로 만들어낸 것이다. 조각과 회화, 건축에 이르기까지 전방위적 예술가였던 그는 일생을 『성경』속 인물이나 상황

침묵
절대 고독의 경지를 가만히 헤아려본다.

을 구현해내는 데 바쳤다. 한두 줄 문장만으로도 경이로운 시각예술의 세계를 펼쳐 보여주었다. 그리하여 수많은 사람이 이제 그의 작품으로 『성경』을 읽는다. 그의 그림과 조각이 눈으로 읽는 『성경』이 된 셈이다.

돌을 들고 골리앗 앞에 선 시골 목동 다윗이 그토록 완벽하고 아름다운 몸이었으리라고는 상상할 수 없다. 그럼에도 사람들은 미켈란젤로의 다비드상을 통해 『성경』 속의 데이빗 혹은 다윗을 상상한다. 그런데 그의 모세상 앞에 섰을 때 문득 스친 생각 하나. 바로 괴테가 『시와 진실』에서 모든 예술은 무엇보다도 가상을 통해 더 높은 실재에 대한 환상을 갖게 해야 한다고 힘주어 갈파한 내용이었다. 그러면서도 그는 가상 세계를 지나치게 현실화하여 상식적으로만 남기는 것도 잘못이라고 한 바 있다.

이탈리아의 열 개 도시를 노는 동안, 그리고 미술관, 박물관, 성당의 수많은 걸작 앞에 서는 동안 괴테의 그 글이 "잠깐" 하며 마음 걸어오는 기분이 들곤 했다. "잠깐, 저것은 실재가 아닌 실재에 대한 환상에 다가가려 한 어느 예술가의 창작물일 뿐이라네" 하고. 그뿐 아니라 "잠깐, 이 성당은 숫제 미술관이로군. 예술가적 상상력을 조금만 절제했더라면 좋았을 것을" 하고. 〈천지창조〉에서 창조주 하느님은 백발을 휘날리는 노인으로, 그분과 손가락으로 연결된 최초의 인간 아담은 근육질 청년으로 설정되어 있다. 물론 '가상을 통해 더 높은 실재'를 구현하려는 욕망이었을 것이다. 하지만 나는 미켈란젤로라는 창을 통해 『성경』의 세계를 들여다보는 것이 아니라 『성경』이라는 창을 통해 그 창 너머로 분절되어 나타난 한 현상으로서의 그의 작품을 보는 방법을 택하기로 했고 그 편이 훨씬 마음 편했다. 그런데 성당 앞의 모세상 앞에 섰을 때 어디선가 만난 듯한 형상이라고 느껴졌다. 모세상은 옛날에 보앞던 이집트 아부심벨 신전의 조각상들처럼 앉아 있는 품새뿐 아니라 그 앞에 서서 고개 숙인 사람 또한 비슷했다.

1986년 여름, 낡은 택시를 대절하여 람세스 석상을 보기 위해 밤을 새워 달려 나일강 상류의 누비아에 도착했다. 떠오르는 해를 측면으로 받으며 드러난 조각상 앞에는 무릎 꿇고 기도하는 이들이 있었다. 그때 그 모습을 보면서 "내 앞에 디른 신을 두지 말라"던 십계명 구절이 떠올랐던 것 같다. 거대성 앞에 한사코 무릎 꿇고 싶어하는 인간의 속성을 그분이 간파하신 까닭이었으리라. 일어서라 저것은 숨쉬지 못하는 바위이며 말하지 못하는 나무일 뿐이다. 해는 기세 좋게 떠올라도 석양이면 지고 너는 다시 추워질 것이다. 그러므로 보이는 그것들 앞에 절하지 말고 보이지 않는 근원을 생각하라, 아마 이렇게 이르고 싶지 않으셨을지. 어쨌거나 모세상 앞에서도 나는 미켈란젤로의 다른 조각상들 앞에 섰을 때와 마찬가지로 나만의 강한 느낌 하나를 갖게 된다. 김현승 시인이 쓴 '절대 고독'의 경지다. 적막 속에서 오직 끌과 망치 소리만이 들려올 뿐이다.

고독의 맨 아래까지 내려가지 않고서 저런 정수精髓는 나오지 못한다. 돌과 더불어 이야기를 나눌 정도가 되지 않고서는 불가능하다. 그의 까칠하고 신경질적인 성격은 누군가 혹은 무엇인가가 이 침묵 공간에 끼어들거나 이를 교란시키려 할 때면 발동되었던 것 같다. (미켈란젤로의 코뼈가 내려앉은 것도 자신의 작품을 비웃고 폄훼한 동료와 주먹다툼을 해서라고 전해진다.)

미켈란젤로는 끌과 망치를 놓고 일어서며 스스로 모세상을 최고의 득의작이라고 생각했던 것 같다. 그는 실아 움직이는 듯한 자신의 작품을 향해 무슨 말인가를 했던 것 같다. 하지만 조각상은 말이 없었다. 망아忘我의 경지에서 그가 중얼거렸다는 말은 이렇다. "모세여, 왜 말이 없는가."

미켈란젤로의 성상 조각

산피에트로 인 빈콜리 성당. '쇠사슬의 베드로'라는 뜻의 이 성당에는 베드로가 마메르티노의 지하 감옥에 갇혀 있을 때 그를 묶었다는 두 개의 쇠사슬, 그리고 미켈란젤로의 모세상이 있어 관광객들의 발길이 끊이지 않는다. 원래 이 모세상은 교황 율리오 2세가 자신의 무덤의 장식 조각품으로 의뢰한 것이라 한다. 모세는 옆구리에 십계명 돌판을 끼고 있는데 머리에 난 뿔로 미뤄보아 시나이산에서 십계명 석판을 가지고 내려왔을 때의 모습을 담은 듯하다. 이 모세상은 미켈란젤로의 3대 성상 조각으로 꼽히기도 하는데, 몰아지경으로 작업한 미켈란젤로가 조각상의 무릎을 치며 "모세여, 왜 일어서지 않는가" "모세여, 왜 말을 하지 않는가"라고 말했다는 이야기가 전해진다.

이외의 미켈란젤로의 3대 성상 조각으로 다비드상, 피에타상이 꼽힌다. 미켈란젤로는 율리오 2세 등에게 의뢰를 받아 성화나 성상 조각 작업을 진행했다. 하지만 작품을 놓고 교황청이나 종교 지도자, 교황과 자주 불화했고 작업 도중 자취를 감춘 적도 있었다. 좋은 대리석을 보면 계약을 했는데 주문 제작 때문이 아니라 순수히 자기 작품을 만들고 싶어였다고도 한다. 그럼에도 고도의 집중력과 몰입, 그리고 특유의 해석 방법으로 그의 성상 조각은 하나같이 걸출한 작품으로 인정받는다.

산피에트로 인 빈콜리 성당

주소: Piazza di San Pietro in Vincoli 4/a, 00184 Rome Italy

홈페이지: https://www.turismoroma.it/it/luoghi/basilica-di-san-pietro-vincoli

미켈란젤로 모세상 앞에서.

물과
　피의
　　향연

오오,
격렬한 으르렁거림이여 함성이여
폭풍우여
햇빛에 빛나는 칼이여
솟구치는 피여
그리고 그 피를 씻어내는 물이여
벌거숭이 속죄여
어인의 웃음소리여.

오오,
이 모든 것이
날마다 같은 땅, 같은 생일生日을 하고
태어나고 사라짐이여.

그렇게 천년을 이어온
물과 피의 농담濃淡이여.

—

빠른 유속으로 물이 흐르는 다리 위에서 젊은 남녀가 아이스크림을 핥으며 서로의 눈을 들여다본다. 카메라의 렌즈가 스틸로 잡아낸 것 같은 모습이다. 그들 뒤로는 검은 콜로세움이 거대한 성처럼 서 있다. 이 구도 속에서 문득 시간의 병렬이나 대칭을 본다. 저만큼에 천년 제국이 있고 이만큼에서 순간의 정경이 흘러간다. 이 시간의 공시성 앞에서 과거와 현재는 우리의 시인 이상이 말한 대로 "일대 관병식"이다. 물은 어느 먼 산으로부터 흘러와 콜로세움을 휘돌며 이 지점까지 왔을까.

조금 전 로마 황제가 세운 목욕탕 중 하나를 둘러보고 왔다. 트라얀 배스Trajan's Baths. 뻘쭘하게 키 큰 소나무 사이로 드러난 짐승의 뼈 같은 건물의 잔해 위로 검은 까마귀가 날고 있었다. 그 목욕탕 지척에 콜로세움이 산처럼 서 있는 것이다.

콜로세움, 그 엄청난 건축물은 어떻게 생겨난 것일까, 68년 네로 황세가 자살한 후 로마는 일 년 만 사이에 자그마치 황제가 네 명이나 바뀌는 정치적 대혼란을 겪는다. 로마 시내의 삼분의 이가 초토화된 대화재 사건 이후의 일이다. 집권층은 로마의 권위를 회복하고 민심을 다독일 무엇인가가 필요하다는 생각에 이견이 없었다. 이윽고 새로 즉위한 황제 베스파시아누스는 네로의 황금 궁전 내 인공호수 자리에 엄

이탈리아 기행
빛과 어둠, 물과 피가 농담처럼 이어지는 이탈리아.

청난 규모의 원형 극장을 세울 구상을 하게 된다. 그리하여 콜로세움은 72년에 착공을 하지만 베스파시아누스는 완공을 보지 못하고 79년 세상을 떠난다. 이후 황제 자리를 물려받은 아들 티투스 황제 때 완공돼 80년에 문을 연다. 이탈리아인들이 콜로세오^{Colosseo}라고 부르는 저 원형 경기장 콜로세움이 세워진 배경이다. 아들 티투스는 거대한 건축물을 완성하고서 아버지 베스파시아누스 황제의 1주기에 맞춰 성대한 행사를 백 일에 걸쳐 개최한다. 저 무자비하고 끔찍한 검투사 시합이 바로 백 일간 이뤄진 행사의 정점을 찍는 일이었다.

피를 부르는 이 살인의 라이브를 본 관중은 열광했고 그럴수록 점점 더 경기는 자극적으로 흘러갔지만 누구 하나 그 광기의 흐름을 멈추지 못했다. 검투사 시합이야말로 로마인의 기상을 만방에 다시 높이고 전투의식을 고양시킨다고 생각했다. 기독교를 공인한 콘스탄티누스 황제 또한 이 잔인한 시합을 법으로 금지시키려 하였지만 실패하고 만다. 한 수도승이 시합중 경기장으로 뛰어들어가서 관중석을 향해 이 살인의 경기를 멈춰야 한다고 호소하기도 했지만 흥분한 군중은 야유를 퍼붓고 그를 놀로 쳐 죽이는 일까지 발생한다. 이 눈먼 광기의 흐름은 로마가 망하기 사십여 년 전에야 겨우 끝난다.

비록 숯 굽는 움막처럼 뼈대로만 서 있지만 검투사들의 훈련장과 숙소와 멀지 않은 곳에 위치한 목욕탕은 기묘한 느낌을 준다. 마치 경기장에서 흘린 피를 씻어내도록 배려라도 한 것 같다. 그러나 씁쓸하다. 황제의 목욕탕에서 씻어야 할 것은 검투사의 피가 아니라 그 죽음의 현장에 열광하는 로마 시민들의 광기가 아니었을까. 콜로세움이 민심을 결집시키는 황제의 포퓰리즘 전략 중 하나였다면 로마의 목욕탕 또한 시민의 환심을 사기 위한 황제의 중요한 정책이고 신락이었다고 하겠다. 어쨌거나 면적 50만 제곱킬로미터의 작은 도시에 기원전 33년경 무려 백칠십여 개에 이르는 목욕탕이 세워졌다 하니 가공할 만한 일이었다. 더구나 200년경에 세워졌다는 카라칼라 대욕탕은 한 번에 1500명을 수용할 수 있었다는데 목욕탕의 규모가 크고 화려할수록 황제의 위용도 높아진다고 생각했던 것 같다.

어쨌든 로마에 열한 개의 수로교가 뚫리고 그리스의 선진 문화였던 목욕탕이 들어옴으로써 이 또한 황제의 선물로 인식되었는데 특히 황제의 이름이 붙은 목욕탕에는 회당과 산책로 그리고 독서실과 연회장, 체육실까지 함께 갖추었다니 일종의 종합 레저 공간이자 여론 형성의 장 역할까지 했던 것 같다. 로마인들이 자신들의 시민권에 그토록 자긍심을 가진 이유도 이처럼 다양하고 특별한 혜택을 누릴 수 있었기 때문이 아니었을까 싶다. 이집트산 대리석에 프레스코 벽화까지 설치한 황제의 목욕탕은 뜻밖에 빈민층도 출입할 수 있도록 입장료가 저렴했다. 확실히 목욕탕 포퓰리즘이 시행되었던 듯하다. 그러나 경쟁적으로 크고 화려해지고 남녀 혼탕에 수면실까지 구비하면서 목욕탕은 몸을 청결하게 한다는 그 본래 목적으로부터 멀어지게 되고 결국 후대에 로마는 목욕으로 망했다는 비판이 나올 정도까지 이른다.

선혈 낭자한 격투기장과 그 피를 씻어낼 만한 목욕탕이 서로를 마주 보고 있다. 그사이로 로마의 근위병들처럼 서 있는 키 큰 소나무 아래 풀밭에서 아이들은 와자지껄 공을 차고 논다. 역사와 시간이 다시 수평 구도 속에 나란히 서 있는 순간이다.

복합 문화 공간, 로마의 목욕탕

로마인들은 땀을 배출하면 약한 몸이 회복된다고 믿었기에 오래전부터 온천욕을 즐기곤 했다. 온천수가 나오는 지역이 아니어도 땅 아래 불을 피워 그 열기를 쐬면 온천욕과 마찬가지 효과를 얻을 수 있다는 사실을 알아낸 한 사업가 덕분에 기원전 1세기 무렵부터 공중목욕탕이 로마에 등장했다. 수많은 공중목욕탕이 로마 곳곳에 생겼고, 황제들도 공중목욕탕을 건설하곤 했다.

로마의 공중목욕탕은 이용료를 받긴 했으나 거의 무료에 가까운 저렴한 가격이라 시민들이 여가를 즐기는 복합 문화 공간이자 사교 장소로도 이용했다. 단순한 위생 시설이 아니라 일종의 오락 시설로 활용된 목욕탕에 부자부터 노예까지 남녀노소, 신분 고하를 막론하고 누구나 모여들었다고 한다. 미온탕, 온탕, 냉탕 같은 다양한 욕탕 외에도 정원이나 꽃길 등이 갖춰져 있어 여기서 산책도 하고, 회랑에서 식사를 하거나 술을 마시기도 하고, 독서실에서 책도 읽었다고 하니 오늘날 워터파크나 찜질방과 겹치는 면도 있는 듯하다.

소년,
　　가시를
　　　뽑다

천 년을 달려온 아이.
옛날의 벽화늘을 지나고
잊혀진 숲을 건너
드디어 여기 햇빛과 바람의
풀밭 위에 눕다.
맨발로 시원始原을 달리느라
가쁜 숨 몰아쉬며
입술에 꽃 하나 물고 누운 아이.
흙 묻은 발바닥에는
반짝 가시 하나.

만한전석滿漢全席이라는 이름의 중국 요리가 있다. 호사함을 극한 대연회식이다. 사나흘에 걸쳐 계속되고 백 가지 이상의 온갖 진귀한 요리가 나온다 한다. 먹다 지쳐 쓰러질 지경이어서 반은 혀로, 반은 눈으로 먹어야 한단다. 이탈리아의 미술관과 박물관을 순례하다보면 마치 탐미의 만한전석을 대하는 것 같은 느낌이다. 세계 최대 미술관으로 꼽히는 바티칸미술관과 피렌체의 우피치미술관만 하더라도 자신하고 며칠은 보아야 할 정도이다. 그리고 그 미의 성찬이 바로 카피톨리니박물관에서 시작된다 할 수 있다.

　로마의 탯자리에 해당하는 캄피돌리오 언덕 위의 이 박물관은 화려하진 않지만 다분히 상징적이다. 제국의 시대에 '세계의 머리'라고 불렸다는 언덕의 옛 궁전 자리에 위치한 박물관이니 로마의 머리에 씌워진 관冠 같은 것이었다. 게다가 광장과 그곳으로 오르는 계단이 바로 미켈란젤로의 솜씨라고 했다. 착시 효과를 활용하여 마치 산책로처럼 근대적 감각으로 디자인한 계단이다. 광장에는 로마 제국의 황금기를 이끌었던 마르쿠스 아우렐리우스 황제의 청동 복제 기마상이 서 있다. 문무를 겸비한 그는 스토아학파의 철학자이기도 했는데 전장에서 틈틈이 그리스어로 써내려갔다는 『명상록』은 오늘날까지도 널리 읽힌다. 이

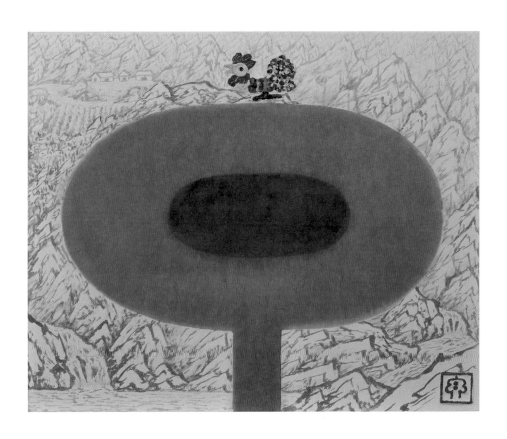

생명 나무
몸의 이완과 여유, 부드러움 혹은 평화의 승화.

기마상은 본디 시가지 남쪽에 위치한 성 조반니 성당 앞에 세워져 있었는데 기독교를 공인한 콘스탄티누스 황제라고 착각한 후대 사람들이 신성한 캄피돌리오 언덕으로 옮겨와 로마를 굽어보도록 했단다.

카피톨리니박물관은 두 개의 궁전, 누오보궁과 콘세르바토리궁을 지하 통로로 연결시켜 조성하였는데 고대 로마 미술의 학습장이라 할 만하고 분위기도 마치 교실 같다. 에콜데보자르에 여속 낙방한 로댕두 이곳에 와서 절치부심 고전을 배우고 돌아갔단다. 미술관으로 들어와서 보니 아우렐리우스 황제의 문제적 아들 콤모두스 황제가 헤라클레스의 모습을 한 흉상도 보이고 반쯤 누운 마르포리오가 남성미를 십분 발휘하기도 한다. 군사 대국 로마는 내심 그리스의 인문 정신과 예술을 흠모했던 듯 그리스에 대한 오마주를 보여주는 흉상과 전신상이 유독 눈에 많이 띤다. 회화관에는 불세출의 천재 카라바조의 작품이 보이는데 아직 살인을 저지르고 로마를 빠져나가기 전의 작품인 듯 특유의 극적 연출이 아니라 화평하고 로맨틱한 경향을 보인다.

이 미술관에서 내 발길을 오래 멈추게 한 것은 단연 발에서 가시를 뽑고 있는 소년의 모습을 담은 청동상이었다. 1세기 무렵에 제작된 것으로 추정되는 이 조각상을 보는 순간 우리의 반가사유상이 떠오르며 '아!' 싶었다. 몸의 이완과 여유, 부드러움 혹은 평화가 거의 종교적 차원의 아름다움으로 승화된 듯한 느낌이었다. 아직 덜 여문 인체가 원형으로 말리는 동선을 따라 절묘하게 표현된 형상. 마치 자궁 속에 웅크린 모습이다.

갑자기 왁자지껄, 아이들이 몰려오더니 바로 그 청동 조각상 앞에 모여서 서로 만지고 킥킥거리며 소란하다. 저러다 넘어지기라도 하면 어쩌나 조마조마한데 제지하는 도슨트도 보이지 않는다. 마치 발바닥에서 가시를 뽑는 조각상의 아이가 일어나 그들 속에 섞이는 것 같다. 그리고 아이들이 우르르 몰려가자 그들 중 하나가 다시 조각상으로 되돌아간 느낌이었다. 그만큼 생생하다.

이어령 선생의 미발표 연작시 「눈물 한 방울」에 「발톱을 깎으며」라는 시가 있다. 어느 날 노인이 방에서 자신의 발톱을 깎다가 무심코 새끼발가락의 발톱을 보며 툭, 눈물 한 방울을 떨군다. 오랜 세월 자신과 함께 먼 길을 걸어왔지만 그 존재를 잊곤 했던 새끼발가락 끝에 달린 발톱을 보며 생의 끝자락에 선 노인이 연민의 눈물 한 방울을 떨구는 것이다. 너 아직 거기 달려 나와 함께 여기까지 왔구나, 하는 연민의 눈물 한 방울인 것이다.

선생의 청을 받아 이 시를 그림으로 그린 바 있는데, 그때 그이는 자궁 속에 웅크린 최초의 인간에 대한 얘기를 하면서 바로 〈가시를 뽑는 소년〉을 예로 들었다. 사세하지도 확산이 아닌 응축의 미학을 보여주는 원형적 아름다움이라고. 예컨대 말 탄 황제나 활 쏘는 장군, 혹은 치렁치렁한 의상을 늘어뜨린 반라의 여신 같은 확산형 형태는 비례나 그에 따른 힘의 배분이 다분히 수학적이고 계량적이다. 그러나 〈가시를 뽑는 소년〉처럼 거의 무목적이고 무화無化된 행위, 그리하여 형태의 해방과 정신화에 이르는 조형은 다르다. 우리의 〈반가사유상〉 또한 마찬가지이다. 그것은 '사유'하기 위한 목적성으로부터 자유롭다. 그런 면에서 근육질의 남자가 턱을 괴고 있는 로댕의 〈생각하는 사람〉과는 서로 그 궤를 달리한다. 도대체 까마득한 이천 년 전에 이름 없는 조각가는 어떻게 저 경지로 나아갈 수 있었던 것일까. 감탄하고 또 감탄하지 않을 수가 없다.

햇빛 쏟아지는 미술관의 마당으로 나오니 조금 전 몰려다니던 아이들이 웃고 떠들며 나란히들 돌팍에 앉아 있다. 그 앞을 지나오면서 아이들의 얼굴들을 유심히 바라본다. 그중에 '가시를 뽑는 소년'도 섞여 있을 것만 같아서.

세계 최고의 박물관, 카피톨리니박물관

더 읽을 거리

카피톨리니박물관은 로마 캄피돌리오 광장에 세워진 세계 최고最古의 박물관이
다. 1471년 교황 식스투스 4세가 청동상을 기증해 설립되었고, 1734년부터 일
반에 개방되었다. 미켈란젤로가 설계한 광장 중앙에는 아우렐리우스 기마상이
서 있고 이 주변을 세나토리오궁, 콘세르바토리궁, 누오보궁이 둘러싸고 있다.
정면의 건물은 로마 시청사로 사용했고 콘세르바토리궁과 누오보궁은 시하로
연결해두고 이곳을 카피톨리니박물관이라 일컫는다. 로마 교황들이 기증한 다
수의 고대 로마시대의 조각 및 회화 작품을 전시하고 있다.

<가시를 뽑는 소년> 앞에서.

이곳을 찾을 때면 광장을 향해 올라갈 때부터 설렌다. 미켈란젤로는 캄피돌리오 언덕을 향하는 계단을 완만한 경사로 구성해 편하게 오를 수 있게 설계했는데 계단을 오르면 마치 꽃처럼 방사형 무늬가 펼쳐지는 모습도 아름답다. 카피톨리니박물관 외부에 있는 로마의 건국 신화를 알리는 <로물루스와 레무스>를 비롯해서 미술사 연구의 중요한 자료인 고대 프레스코 벽화, 지하의 문자판과 석관의 부조를 두루 살필 수 있어 인류의 보고라 할 만하나. 수많은 전시물 중에서도 <가시를 뽑는 소년>은 명작 중의 명작으로 꼽을 만하다.

박물관을 관람하고 난 후 광장을 등지고 세나토리오궁 뒤쪽으로 가며 포로 로마노를 볼 수 있는 뷰포인트가 있어 로마가 지나온 시간을 다시금 실감할 수 있다.

카피톨리니박물관
주소: Piazza del Campidoglio 1, 00186 Rome Italy
홈페이지: https://www.museicapitolini.org/

바티칸,
천재들의
향연

신의 다른 이름은 시간이다.
내 이제 네 몫의 시간을 주나니
햇빛과 비를 머금은 그 시간 속에서
너의 혼을 풀어놓아라.
그 시간 위에 선을 긋고
흠우 새겨서
지상에서 네 그림자마저 사라지고
시간의 주인이
네게 준 시간을 거두어들이는 날.
내가 건져올리는 두레박 위에
네 삶의 무늬들을
내가 재어볼 수 있도록
올려다오.

—

중국에 명재상을 여러 명 길러낸 대석학이 있었다. 그 문하에서 공부수학했던 제자들이 어느 날 노스승을 찾아와 물었다. 저희들 중 누가 가장 뛰어났습니까. 스승은 빙그레 웃더니 글자 네 개를 썼다. 상생구시長生久視. 그리고 말했다. 중요한 것은 재능이 아니라 오래 사는 일이다. 즉 가장 오래 사는 자가 가장 뛰어난 자이다. 경우는 다르지만 니체도 비슷한 말을 남겼다. "천재란 가진 재능을 일생에 걸쳐 잘 나누어 쓰고 가는 사람이다." 물론 그 '일생'은 중국인처럼 생물학적으로 오래 산다는 의미만은 아니다. 바티칸미술관을 둘러보는 동안 '천재'라는 말이 머릿속을 뱅글뱅글 돌아다녔다. 그곳이야말로 생을 살다 간 천재들의 향연장이었다.

그들이 남기고 간 작품들을 보기 위해 동서남북에서 일 년 열두 달 사람들이 모여든다. 미술관으로 들어가는 세난을 볼 수 있으면 행운이라고 할 만큼 거의 늘 관람객으로 장사진이란다. (다행히 비수기여서 나는 계단을 보며 걸을 수 있었다.)

그 엄청난 보물창고로 들어가는 아치형 석조 문 위에는 두 사람의 형상이 시선을 비키며 서로 상대 쪽을 향하고 있다. 하나는 노년인 미켈란젤로의 모습이고 다른 하나는 청년 라파엘로의 모습이다. (하긴 라

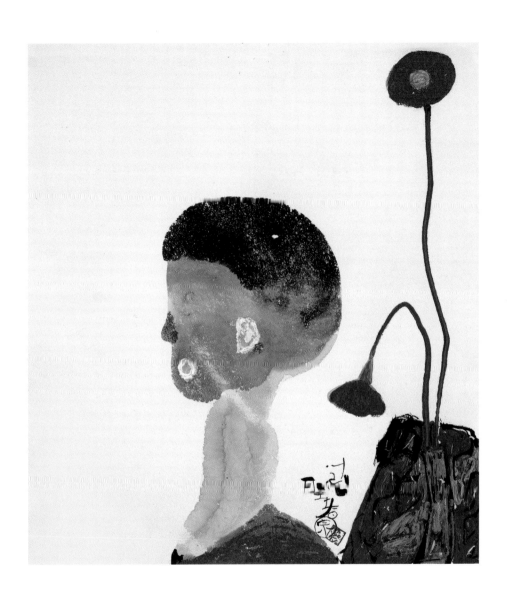

어린 성자
같은 생을 살더라도 그 깊이는 저마다 다르다.

파엘로에게는 중년이나 노년이 없었다.) 평균 수명 마흔 남짓인 시절에 미켈란젤로는 그 두 배가 넘는 89세까지 살았고 라파엘로는 서른일곱 해를 살고 갔다. 하지만 그 생물학적 길고 짧음과는 관계 없이 니체식으로 말한다면 이들은 하늘로부터 부여받은 재능을 나름의 생애 동안 각각 잘 쓰고 간 예술가들이었다.

두 미켈란젤로는 사뭇 마음서린 독신으로 살면서 그야말로 미의 사도로만 살다 간 사람이었다. 바울이 말과 글과 발로 로고스를 전파했다면 미켈란젤로는 끌과 망치와 붓, 그리고 그것을 든 손으로 천국을 설파했다. 사실『성경』도 보급이 잘 안 되어 있는데다 문맹율까지 높던 그의 시대에는 버벌랭귀지verbal language보다 비주얼랭귀지visual language가 더 호소력 높았다.『성경』은 성직자들의 전유물이다시피 했고 그 보급은 제한적이었다. 그런 형편에서 종교와 미는 만날 수 있는가 정도가 아니라 완벽하게 서로 겹쳐졌다. 허다한 경우 사제는 비켜서다시피 했고 영성과 예술성을 겸비한 예술가들이 비주얼랭귀지로 사람들을 진리의 길로 안내한 셈이다. 그들은 미의 궁극으로 파고들어가면 거기서 우주를 디자인한 내예술사이신 장조주를 뵈올 수 있으리라고 믿었을 것이다. 물론 그들의 시각적 해석이 무한한 창조 세계를 자신들의 상상력 안에 제한시켜버린 것도 사실이지만 그러한 예술작품이 초기 기독교 성장에 기여했음은 부인할 수 없다. 그러다 나중에 급기야 이콘을 파괴해야 진정한 신앙을 얻는다는 논쟁에 이르기노 했지만 말이다.

사실 시각화되지 못하는 종교는 쇠퇴와 사멸을 못 면한다. 이를테면 심오한 도교 같은 경우에도 시각적 심볼을 만들어내지 못하여 쇠퇴하였고 유교 또한 훌륭한 경전에도 불구하고 명료한 시각 상징물로 전파되지 못하여 힘을 잃고 만다. 초기 기독교는 박해와 위기에도 불구하고 물고기 형상과 십자가 심볼로 은밀하게 그 세^勢를 불려갔다. 예수께서는 "네가 본 고로 믿느냐, 보지 못하고 믿는 자는 복되도다"(「요한복음」 20장 29절)라고 하셨는데 인간이 시각에 의지하여 추론하고 상상한다는 사실을 그분도 아셨던 것이다. 그러기에 자식을 주겠다고 '언어 약속'을 했음에도 불구하고 흔들린 아브라함을 굳이 밖으로 데리고 나가서 "저 별처럼 많이"라고 시각적 약속으로 확증시켰던 것이다.

그런 면에서 바티칸미술관이야말로 미와 종교의 접점이었다. 창조와 천국에 대한 비언어적 실재를 보여주는 현장이었다. 확실히 미켈란젤로 시대의 사람들은 「창세기」를 『성경』보다는 그의 〈천지창조〉로 보고 믿었다. 이는 마치 내가 모세를 상상하면 어렸을 때 본 영화 〈십계〉 속 배우 찰턴 헤스턴을 떠올리는 것과 같은 연상 작용이다. 이 나이가 되기까지 모세라고 하면 찰턴 헤스턴의 모습이 겹쳐진다니 시각 잔상이란 기억 표상에 얼마나 크게 작용하는지 모른다.

그렇다. 시각은 확실히 힘이 세다. 꼬박 한나절을 돌았지만 바티칸미술관은 반도 보지 못했다. 내일 다시 오는 수밖에. 밖으로 나오니 햇빛이 눈부시다. 돌아서서 내가 방금 나온 집을 되돌아본다. 저곳은 교회인가 미술관인가,

예술과 종교의 접점, 바티칸미술관

수세기에 걸쳐 교황들이 수집한 예술품뿐 아니라 고고학, 인류학의 보고라 할 만한 광범위한 수집품을 소장하고 있다. 원래 이곳은 역대 로마 교황의 거주지였으나 16세기 교황 율리오 2세가 교황청 소장 미술품을 일반인에게 공개하기 시작했다. 이후 18세기 후반부터는 미술관으로 완전히 개조해 사용되고 있다. 총 24개의 미술관과 기념관으로 구성되어 있는 바티칸미술관은 매년 500만 명 이상의 관람객이 찾을 정도로 연중 언제 방문해도 북적거린다. 코로나19 때문에 88일 동안 문을 닫았는데 이는 제2차세계대전 이래 최장 기간이었다고 한다.

시스티니 예배당에 있는 미셸란젤로의 천장화 외에도 무려 사백여 명의 인물이 등장하는 <최후의 심판>, 라파엘로의 <아테네 학당> <그리스도의 변용> 등 헤아릴 수 없이 많은 명작을 이곳에서 만날 수 있다.

바티칸미술관
주소: Viale Vaticano snc, 00165 Roma, Italy
홈페이지: https://www.museivaticani.va/

때로는
'봄'에 지는 꽃도 있다

그는 서른일곱에 죽었다.

매일 등불을 높이 들고

자기 생애의 깊은 곳까지

걸어갔을 것이다.

가슴의 불씨를 꺼내어

활활 타오르게 하여 어둠을 사르며 그렇게

생애의 진한 가운데로 보냈는데

그 다다른 길이 서른일곱 해였다면 더 어찌하겠는가.

서른일곱 해를

삼백일흔 해쯤으로 살다 간 그는

홀로 가는 먼 길이 아쉬워

사랑 하나를

눈망울에 두었지만

신은 그 눈길이 흩어지지 않고
오롯이 그림으로만 모아지기를 바랐다.
그러고 보면
서른일곱 해를 살면서 이미 대가의 반열에 오른 젊은 노인은
사랑 앞에서는 미낭 서툴렀던
열일곱의 볼 빠안간 소년이었던 셈이다.
어쨌거나 지상의 일은 다 마친 것이니
천재에게
나이가 무슨 상관.

바티칸미술관의 정문 앞에 서면 그 아치형 돌담 위에 새겨진 두 사람의 모습을 저절로 쳐다보게 된다. 미켈란젤로는 알겠는데 다른 한 명은 누굴까. 미켈란젤로와 어깨를 겨룰 만한 화가나 조각가라면 레오나르도 다빈치가 떠오르지만 그는 아니다. 그렇다면 누구일까?

바로 라파엘로다. 르네상스의 3대 거장으로 불리며 회화와 건축에 걸쳐 수위 피렌체파의 봉우리를 이룬 장본인이다. 유사 한 미술관에 가면 유난히 한 화가나 조각가에 대해 입체적으로 공부를 하게 된다. 화집을 슬렁슬렁 넘길 때와는 다르게 작품이 말을 걸어오는 것이다. 그래서 매번 비행기를 타고 발품을 사는 것이리라. 이번에 바티칸미술관을 둘러보면서는 부쩍 라파엘로라는 미술가에게 관심이 갔다. 그 선골仙骨 쟁이 이름나운 젊은이가 무구했길래 기라성 같은 물세굴의 화사, 조각가를 제치고 미켈란젤로와 어깨를 나란히 하며 바티칸미술관의 문 위에 그 형상이 올려져 있는 것일까.

라파엘로 하면 〈그리스도의 변용〉이나 〈아테네 학당〉 같은 작품에 대한 단편 지식과 일찍 요절했다는 정도로만 이해한 나로선 부쩍 그에 대한 여러 궁금증이 들었다. 놀라운 것은 그가 일찍 세상을 떠났지만 생물학적으로 장수한 누구도 따라올 수 없을 만큼의 많은 작품을, 그것도 대작 중심으로 남겼다는 사실이다. 미술사의 한 페이지를 아로새긴 바티칸미술관의 〈아테네 학당〉만 하더라도 그 크기가 세로 5미터 가로 8미터 정도에 달하고 역시 바티칸미술관에 소장된 〈그리스도의 변용〉 역시 세로 길이가 4미터가 넘는 대작이다. 그런데 실제로 〈아테네 학당〉 앞에 섰을 때 그 공간이 확산되어 마치 대형 스크린을 보는 듯한 스케일이 느껴졌다. 수십 명의 인물이 내 앞으로 걸어오고 있는 듯했다. 그의 작품에는 도무지 삶의 출렁이는 변곡점 같은 것이 보이지 않는다. 한결같이 원숙하고 한결같이 완성도 높으며 한결같이 야심만만하네다 내가풍이다. 초기의 미숙힘이 노출되지 않는다. 그는 누 /일세.

숙소에 돌아와 그에 관한 기록을 뒤적이다가 동일하게 겹치는 하나의 특징을 알게 되었다. 레오나르도 다빈치를 비롯한 뛰어난 스승과 선배 작가의 작품을 자기 식으로 소화해냈다는 것. 그는 선배 작가들이 세월을 두고 연마하여 우러나온 화풍이나 기법을 자기화하는 데 능했다. 그래서 젊디젊은 나이에 남긴 작품들도 그토록 원숙하게 느껴졌던 것일까. 기록에 의하면 그는 레오나르도 다빈치를 인간적으로나 예술가로서 존경하여 그의 원근법을 차용하고 화풍은 원용했다. 하지만 미켈란젤로와는 내내 불편한 관계였고 게다가 내심 경쟁 상대로까지 생각했다. 작업을 하면서 끊임없이 대선배 미켈란젤로를 의식했다. 특히 미켈란젤로가 시스티나 예배당의 천장화를 그릴 당시에는 자신도 바티칸의 한 벽면을 자신의 그림으로 채우고 있어서 더 그랬던 것 같다.

하지만 〈천지창조〉의 일부가 공개되던 때 작품을 보고 크게 감동한 라파엘로가 오십여 명이 등장하는 〈아테네 학당〉에서 주요 인물의 얼굴을 급히 수정하여 미켈란젤로의 얼굴로 바꿔 그렸다는 사실로 미뤄 보아 미켈란젤로를 향한 예술가로서의 경외와 흠모는 컸던 것 같다.

여인 초상
때로는 사랑보다 그림이 더 소중한 일일지도 모른다.

그런가 하면 수려한 미남자였던 그는 여인들에게 인기가 많았지만 평생 제빵사의 딸 마르게리타 루티를 연모하여 자기 곁에 연인으로 두고 그녀의 모습을 그렸단다. 그중엔 파격적인 반라의 모습인 작품 〈라 포르나리나, 혹은 젊은 여인의 초상화〉도 있는데, 이 그림은 레오나르도 다빈치의 〈모나리자〉나 요하네스 페르메이르의 〈진주 귀걸이를 한 소녀〉에 비견될 만큼 매력적인 작품으로 알려져 있다. 성녀와 창부 사이에 선 듯 우아하고 신비스러우면서도 나분히 관능적인 분위기를 풍기는 이 반라 여인이 왼쪽 팔뚝에 찬 팔찌에는 '우르비노의 라파엘로 RAPHAEL URBINAS'라는 글사가 새겨서 있다. 마치 여인이 자신의 소유물이라도 된 듯 그렇게 이름을 새겨넣었으니 치기도 보통 치기가 아니었던 듯하다. 그토록 사랑하던 여인이었으면서도 정작 두 사람은 결혼하지 않은 채 12년 동안이나 연인 관계로만 지낸다. 따라서 제빵사의 딸 '라 포르나리나'는 이 유명 화가의 아내 아닌 연인으로만 남아야 했다. 라파엘로는 그림을 그리는 옆에 늘 그녀가 머물기를 원했고 그녀가 없으면 작업이 안 된다고 투정이었지만 그러면서도 아내 자리는 내어주지 않았다. 그에게는 '사랑보다 그림'이 더 소중한 그 무엇이었을지도 모르겠다. 그러고 보면 예술가는 지극히 이기적인 존재라고 아니할 수 없다.

어쨌든 천재들의 각축장을 둘러보는 일은 흥미진진하다. 평소 작업하는 모습을 사람들에게 보이기를 끔찍이도 싫어했던 미켈란젤로는 젊은 라파엘로가 자신의 그림을 보고 갔다는 이야기를 듣는다. 그후 〈아테네 학당〉의 형태와 구성이 더 웅장하고 스케일 또한 커져 경쟁적으로 더 많은 인물을 넣었다는 소문도 미켈란젤로 귀에 들어간다. 이에 미켈란젤로는 〈아테네 학당〉이 자기 그림을 표절한 것이리고 격분했다고 한다.

경직된 외골수에 모난 성격, 작품에 대한 끝없는 욕심의 소유자 미켈란젤로에 비해 라파엘로는 생로병사 중 노와 병을 건너 뛰어버린 듯 영원한 청년 이미지를 견지하고 있었다. 그래서 후대의 사가 중 누군가는 레오나르도 다빈치의 우아함과 미켈란젤로의 열정을 한몸에 지닌 화가라고 라파엘로를 평하기도 했다. 미술관 아치문 위의 미켈란젤로는 깡마르고 강퍅해 보이는 늙은이 모습인 데 반해 라파엘로는 영원한 젊음의 표상 같은 형상으로 서로를 비껴 본다. 천재들의 각축장을 둘러보니 시공을 넘어 그들의 맥박 소리와 숨소리까지 생생하게 들려오는 듯하다. 이것이 바로 허다한 세월, 미술관을 찾아다닌 까닭일 것이다.

라파엘로의 예술과 사랑

라파엘로가 피렌체에서 레오나르도 다빈치와 미켈란젤로를 만난 것은 그가 스물한 살 되던 1504년이었다. 피렌체라는 한 도시에서 이탈리아 르네상스를 이끈 세 천재가 조우한 것이다. 라파엘로는 그보다 서른 살이나 많았던 레오나르도 다빈치에게는 온후한 인품과 섬세하고 아름다운 회화 기법을, 역시 대선배였던 미켈란젤로에게는 천상천하 유아독존식의 예술가적 창조성과 자존감을 배웠다.

라파엘로는 피렌체 시절에는 귀족에게 의뢰를 받아 중소형 작품을 주로 그리며 실력을 갈고닦는다. 이후 교황 율리오 2세의 부름을 받고 로마로 건너가 <아테네 학당>을 비롯해 여러 점의 프레스코화를 그린다. 그러는 과정에서 선배인 미켈란젤로와의 대립이 더 첨예해진다.

라파엘로는 죽을 때까지 미혼이었으나 평생의 연인 마르게리타 루티의 모습을 그림으로 여러 점 남겼다. 로마 보르게세미술관에 소장중인 <라 포르나리나>는 파격적이기도 상반신을 거의 벗은 여성의 은밀한 모습을 담고 있다. 주문받아 그린 것이 아닌 화가와 그 연인 오직 두 사람만을 위해 그려진 자전적인 작품으로 추정되는 만큼 다분히 육감적이고 에로틱하다.

섬광 혹은
피에 담근 붓

어둠 속에 떨어지는 한 줄기 빛.

낮고 습한 곳에 흥건히 고인 피를 비추다.

그 피에 붓을 적셔

그림을 그리는 자.

쟁반 위에 잘린 목.

둥둥 울리는 북소리.

현란한 원무.

지상의 모든 죄를 그 붓으로 그려내다.

하지만 천 번을 그려도 붓질로는 속죄할 수 없어

목놓아 울 때

어둠 속에 비추인

내민 못 자국 난 손 하나.

작업실에 들어가 처음 화면 앞에 서면 백지의 공포가 밀려온다. 대작일수록 더 그렇다. 창 대신 붓 한 자루 들고 생사 앞에 선 기분이다. 하루에도 수십, 수백 번씩 허리를 굽혔다 폈다 하다보면 끊어질 듯 아파올 때도 있다. 문득 허기에 두꺼운 커튼을 밀어 밖을 보면 어느새 어둠이 몰려와 있다. 이럴 때 생각하는 두 사람의 미켈란젤로가 있다. 한 사람은 우리가 아는 그 미켈란젤로 부오나로티이고 또 한 사람은 화가 미켈란젤로 메리시, 즉 카라바조다.

미켈란젤로라는 이름 위에 신은 재능과 함께 각각 평생 싸워야 할 적을 심어놓았던 것 같다. 그 적은 물론 미켈란젤로 부오나로티와 미켈란젤로 메리시 자신이었다. 가끔 작업이 안 풀려서 울고 싶어질 때, 마음이 곤두박질칠 때, 무리하여 신열이 나고 허리가 아파 도망치고 싶을 때 나는 이제 거의 외우다시피 한 미켈란젤로 부오나로티의 편지를 떠올리며 스스로의 등짝에 죽비를 내리치곤 한다. 그런 다음 나 역시 내 안에서 고개 드는 적과 싸운다. '노망치지 마라. 다시 저 광막한 화면을 향해 창 대신 붓을 들어라.'

뒤틀린 자세로 일한 탓에 갑상선종에 걸렸고 결국 배와 턱이 붙어버렸다. 턱수염은 하늘을 향해 날리고 이제는 뇌가 목덜미 쪽에 붙은 것

바보 예수

죄와 구원, 빛과 어둠의 경계에서 절대자를 생각해본다.

처럼 느껴질 정도다. 쉴새없이 움직이는 붓에서 흘러내린 물감 때문에 얼굴은 총천연색 양탄자처럼 되었고 허리가 창자를 뚫고 들어가 간신히 말처럼 엉덩이를 빼서 균형을 잡는다. 장님처럼 걸어다니는데 몸은 전체적으로 시리아 화살처럼 휘어버렸다. 비뚤어진 화살총의 총신이 과녁을 제대로 맞출 수 없듯이 내 지각은 이제 왜곡되고 부정확해졌다.

친구에게 보낸 이러한 편지 내용으로 미루어 병고에 시달리는 팔십 객쯤의 미켈란젤로가 떠오르지만 천만의 말씀, 겨우 삼십대 중반이었을 뿐이다. 비계에 올라 나무판 위에 누워 〈천지창조〉의 천장화를 그리던 무렵(1508~1512)에 친구에게 쓴 편지인데 이 푸르디푸른 나이에 몸이 망가져 이미 노년의 상태에 들어간 것이다. 작업을 하다 허리가 뻐근해질 때면 바닥에 누워 주문처럼 이 편지를 떠올린다. 너는 몸이 활처럼 굽지도 않았고 장님처럼 걷지도 않는다. 물론 배와 턱은 각각 제자리에 붙어 있다. 자, 다시 붓을 일으켜라.

또 한 사람의 미켈란젤로인 카라바조 역시 평생 자기 안의 또다른 자기와 피투성이로 싸운 사람이었다. 싸움으로 말하면 훨씬 더 격렬했다. 신은 그에게 역시 섬광 같은 재능과 함께 이겨내야 할 악마까지 허락했던 것이다. 로렌초 메디치가에 머물던 청소년기에는 싸움질로 코뼈가 부러지고 천장화를 의뢰한 교황 율리오 2세와 심하게 싸워 교황의 머리에 판자를 내던지는 바람에 멀리 피렌체까지 도망치기도 했다. 그런가 하면 높은 비계에서 추락하여 이십 년 이상 절뚝대는 등 미켈란젤로 부오나로티도 나름대로 질풍노도의 시기를 거쳤다. 하지만 카라바조에 비하면 아무것도 아닐 정도였다. 그만큼 카라바조는 극적인 생애를 산 화가였다.

가공할 집중력으로 보류쯤 문 걸어잠그고 작업을 한 뒤에 그는 원전히 달라진 모습으로 저잣거리에 나타나곤 했다. 응축되었던 에너지를 한껏 풀어재끼는 순간이다. 자주 시비에 휘말려 주먹질을 했고 급기야 나이 서른여섯 살 때는 한 귀족의 자제를 죽인다. 막 스무 살이 되던 해 입성하여 그 빛나는 재능으로 단박에 교황청을 사로잡았던 천재가 하루아침에 "누구든 그를 만나면 현장에서 죽여도 좋다"는 흉악범이 되어 도주하는 신세로 바뀐 것이다. 하지만 이 타고난 화가는 천신만고 끝에 몰타섬으로 숨어들어가 신분 세탁을 하며 저 유명한 〈성 요한의 참수〉를 그린다.

가로 3.7미터 세로 5.2미터의 이 명작을 몰타섬에 가서 보며 소름이 돋았던 기억이 있다. 장사진을 친 사람들 속에 섞여 가슴 두근대며 보았던 그 불후의 명작은 화가가 살인 후, 로마를 떠난 지 불과 이 년 만에 완성한 작품이었다. 그의 상처, 고통, 실의, 낙망, 좌절, 그리고 사죄에 대한 한 줄기 소망이 그대로 투사된 그림이었다. 교회당 주앙에는 촛불이 일렁이는 성소와 제대가 있었지만 사람들은 〈성 요한의 참수〉 앞에 운집해 있었고 나 또한 그 속에 섞여서 빨려들어갔다. 참수당한 성 요한의 모습은 너무도 생생하고 극적이어서 마치 그 현장에 있는 느낌이었다. 붙잡히면 참수당할지도 모를 자신의 처지에 대한 자의식이 투사된 작품으로 보여졌다. 실제로 그는 참수에 의해 삶이 끝나는 모습이 담긴 끔찍한 그림을 무려 열두 점이나 그렸다는데 이는 스스로에게 내린 징벌과 속죄 의식의 발로에서였을 것이다.

몰타섬에서 그는 〈성 요한의 참수〉 제작으로 몰타기사단의 일원이 되지만 다른 기사와 다퉈 그에게 심각한 부상을 입혀 다시 투옥과 탈옥, 도주의 삶이 펼쳐진다. 그렇게 시칠리아, 나폴리 일대를 떠돌던 그는 자신의 재능을 아끼고 한때 교황 바오로 5세 앞에서 공개적으로 자신을 옹호까지 해준 보르게세 추기경을 떠올린다. 그를 통해 교황에게 사면을 요청할 심산이었다. 그에게 바칠 〈골리앗의 머리를 들고 있는 다윗〉을 제작하여 로마로 돌아간다는 계획을 세웠고, 지중해를 오가는 배를 잡아 탄다. 하지만 로마까지 가지 못한 채 1610년 뜨거운 7월에 토스카나의 포르토 에르콜레에서 사망한다. 자객에게 살해되었다거나 급성 말라리아로 죽었다는 둥 다양한 풍문이 떠돌았지만 2010년 카라바조를 연구하는 고고학자들이 그의 유골을 분석한 견과가 알려지면서 39년간 생애에 대한 에필로그가 드러난다.

예수께서는 "나는 의인을 부르러 온 것이 아니라 죄인을 부르러 왔다"고 했다. 예수의 가장 충실한 전도자로 살다가 순교의 길을 간 바울이나 베드로 역시 흠결 많은 인간이었고, 모세 또한 살인자였다. 예컨대 죄 없는 순결한 자만이 예수의 곁에 올 수 있는 것이 아니라는 징표인 셈이다. 그런 면에서 교회당에 걸린 성화라고 다를 수는 없다. 말하자면, 완전무결한 생애를 산 화가나 조각가만이 성화를 그리고 성상을 조각할 수 있는 것이 아니다. 오히려 죄성을 가졌으나 끊임없이 싸우면서 비틀거리는 걸음으로라도 자신의 천성을 바라보며 걸으려는 자에게 창조주를 찬양하는 붓이 허락되는 것이 아닐까 싶다. 그런 짐에서 카라바조는 땅의 죄와 고통과 슬픔의 서사를 통해 하늘의 이야기를 전하고 싶었던 대변자였다고 할 수 있다.

스스로 어찌할 수 없는 죄인임을 노출시키고 그래서 절대자가 내미는 구원의 손이 필요함을 그림을 통해 보여주는 것이다. 신실로 성聖과 속俗, 죄와 구원, 빛과 어둠의 경계에서 땅을 딛고 하늘을 바라본 사람이었다. 그 양손에 붓과 피묻은 칼을 든 채.

빛과 어둠의 화가, 카라바조

미켈란젤로 메리시 다 카라바조 ^{Michelangelo Merisi da Caravaggio}(1571~1610)는 베르가모 근교에 위치한 카라바조에서 태어났다. 출생지의 이름을 따 흔히 미술사에서는 본명보다 카라바조라는 이름으로 통용된다.

1584년 밀라노의 화가 시모네 페테르차노에게 사사하고 그후 로마로 떠나지만 처음에는 삶에 시달린다. 하지만 델 몬테 추기경의 후원을 받으며 이름을 떨치기 시작해 조기 바로크의 대표적인 화가로 꼽힌다.

극적인 명암대조법 일명 키아로스쿠로 ^{Chiaroscuro} 기법의 개척자로 이후 루벤스, 렘브란트 등이 이 기법의 영향을 받는다. 밑그림이나 드로잉을 그리지 않고 곧바로 본화 *本畵를 그릴 만큼 천재적 재능을 가진 그는 극적인 연출력과 서사로 상황 묘사에 뛰어났다. 종교화를 그릴 때도 이른바 거룩하고 성스러운 이콘의 루틴에서 벗어나 세속과 지상의 이야기를 통해 성서적 진리와 천상의 메시지를 전하는 그림을 그려 교황이나 종교지도자와 종종 마찰을 빚었다.

어둠과 악을 통해 빛과 선을 드러내는 심리적 상황 묘사가 뛰어났던 그는 서른아홉의 나이에 객사하기까지 천당과 지옥을 오가는 삶을 살았다. 교황청의 인정을 받는 천재 화가의 삶, 살인을 저지르고 여러 지방을 도망자로 전전하는 삶. 뛰어난 재능을 갖췄지만 사생활 면에서는 악명을 떨쳤다 하겠다. 유독 자전적 이야기를 그림으로 많이 남겼는데 여러 마리의 뱀이 머리를 감고 있는 <메두

사>나 <홀로페르네스를 참수하는 유디트> 같은 작품도 그 계열이라 하겠다.

최근에는 카라바조가 남긴 유일한 천장화인 <목성, 해왕성, 그리고 명왕성>이 경매로 나와 화제를 모으기도 했다. 폭 2.75미터짜리 유화작품인 이 천장화는 델 몬테 추기경이 의뢰한 작품으로 알려져 있다. 카라바조가 이십대 중반에 그렸다는데 법원에서는 이 그림의 가치를 4520억 원 정도로 평가했다. 이 천장화가 그려진 저택은 6000억 원대에 경매로 나와 '세기의 경매'라고도 불렸는데 비싼 가격 때문인지 결국 유찰되었니. 성배를 앞두고 이탈리아에서는 정부에서 이 건축물을 사들여 보존해야 한다는 목소리가 커졌다고도 한다. 그야말로 살아서도, 죽어서도 여전히 논란의 중심에 서는 카라바조다.

예술이
　교회의 문을
　　두드릴 때

세상이 보는 고독 늘 중에
그 결정체마을 성수에 부러들어리.
영원을 향한
세상의 모든 절절한 기도는
돌에 새기고
노래는 색에 담아라.
그리하여 조상이
말 없음의 기도가 되고
그림이 밤하늘의 찬송이 되게 하라.
그렇게 하라.
믿음의 중력이
그 안에 담기지 않으리라고
누가 말하겠는가.

창조주의 미소 또한 그 날개 위에
살포시 내려앉지 않으리라고
아무도 말할 수 없으리라.

좋은 여행이 되기 위한 세 가지 조건이 있다고 한다. 동반자가 좋을 것, 가방이 가벼울 것, 돌아올 집이 있을 것. 여행하기 좋은 '때'에 대한 조건도 있다. 다리 떨리기 전, 가슴이 떨릴 때. 화가인 내 입장에서는 그 우선 순위가 비낀다 '시야가 흐려지기 전에 떠나라'이다.

시야가 흐려져서 색깔이 빠지고 형태가 흐늘리기 전에 볼 것, 가슴이 떨리는 나는 그다음 문제다. 나리도 싱싱하고 감동의 피와 살도 저당히 붙을 때 이탈리아 여행을 하고 나니 『색채론』을 쓴 한 남자가 떠오른다. 무엇보나 그는 자신의 시각에 자신만만했던 것 같다. 십대 때부터 글을 쓰기 시작하여 방대한 글을 집필하고 여든세 살에 눈을 감은 요한 볼프강 본 괴테다.

안경을 쓴 추상이나 사진이 눈에 띄지 않는 것으로 미뤄보아 좋은 이력을 타고난 사람이 아니었던가 싶다. 그는 서른일곱 살 때와 마흔한 살 때 이탈리아를 여행하면서 고전 미술과 사랑에 빠졌는데 돌아와 쓴 것이 바로 『색채론』이었다. 대개 한 지역을 여행할 때는 하나의 기억만 남는 경우가 많다. 이 세기의 지성에게 이탈리아는 색채와 형태의 기억으로 남은 곳이었다. 자신의 나라에서는 체험하지 못한 것이었다. 그래서였을까 그는 『이탈리아 기행』 곳곳에서 거의 숭배에 가깝게 그 땅을

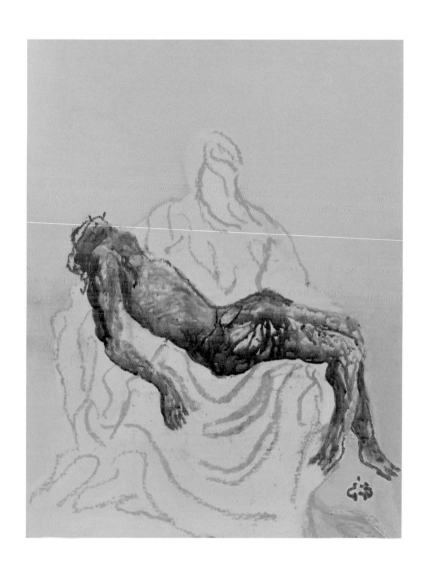

분홍 피에타

예술과 영성의 만남은 때로는 모험이었다.

그려낸다.

『색채론』에서 그가 인식과 직관의 방법으로 제시한 원현상^{urphänomen} 이 물론 로마나 피렌체에서 만난 천재들의 작품에서만 영감을 얻었다고는 할 수 없겠다. 오히려 자연 현상에 대한 지각과 인식에서 더 영향을 많이 받았지만 그럼에도 이탈리아 여행을 통해 색채에 대한 자각몽이 공중에서 일시에 후드득 떨어져내리는 열매처럼 그의 지성을 흔들었음은 사실이었다. 그 점에서 그는 신허실^을 띠나지 않고 『색새론』을 쓴 뉴턴의 근대과학적 방법론에 대해 다분히 적대적이었다. 뉴턴의 『색재론』이 물질 세계와 자아의 완전한 분리 즉, 주관성과 직관적 해석을 철저히 배제한 채 색채 현상만을 과학적 도구로 분석하는 비좁은 방법을 취한다고 생각했기 때문이었다. 실제로 이탈리아 여행을 하고 돌아아서 쓴 괴테의 『색재론』은 일위실에서 쓰 논편의 『색재론』의 물리학적 입장뿐 이니라 심리학과 생리학 철학 심지어 시학과 시학꺼기 망리하면서 학제 간 이종 교배 혹은 유기적 총체성의 재료가 되었다. 그리고 이는 종교와 예술과 학문과 역사가 분리되지 않은 채 '다른 하나'로 존재하는 이탈리아적 전통이기도 했다. 그런 면에서 그의 『색채론』은 ᅳ 사세가 나뉠 수 없는 '총체적 하나'이기도 했고 이것이 뉴턴의 『색채론』에 대해 깊게 뒤 신대지 우 일심의 근거이기도 했을 신이다.

얘기가 길어졌지만 내가 짚어보려는 이야기는 괴테나 뉴턴의 관한 것이 아니다. 괴테와 같은 대문호가 젊은 날 약 20개월 동안 이탈리아를 여행하고 나서 『색채론』뿐 아니라 『이탈리아 기행』이라는 대작을 시작했을 만큼 그 나라에는 확실히 학문의 원천 혹은 예술적 섬광이 존재했다는 점이다. 그 향연 앞에서 그 세기의 지성도 모자를 벗고 무릎을 꿇었으며 경배한 것이다. 이 지점에서 문득 생각이 미치는 데가 있다.

그 감동의 서사를 있게 한 배후 인물에 관한 것이었다.

누구였을까. 교회에 감히 벌거벗은 신의 그림을 그리도록 허용한 최종 인물이 누구였을까. 산골 소년 다윗을 황홀할 정도로 아름다운, 벗은 몸의 청년으로 조각해도 좋다고 했을 뿐 아니라 카라라 석산에서 최고의 대리석을 제공한 그 인물. 시골 출신의 혼외자였던 레오나르도 다빈치라는 원석을 조각가, 건축가, 음악가, 공학자, 문학가, 지질학자, 전문학자, 요리사, 의사 그리고 〈모나리자〉와 〈최후의 만찬〉을 그린 화가라는 팔면체 다이아몬드로 빛나게 한 사람이. 무엇보다 살인자 카라바소의 그림을 성전에 걸게 한 사람이. 예술과 예술가에게 한없는 관용과 후원을 베푼 통행시의 소재에 내게 생기게 미친다. 이탈리아 어해이 깊어질수록 차츰 번쩍이는 발광체뿐 아니라 그 배후에서 그들이 빛을 내도록 조종한 보이지 않는 분투에도 관심을 가지게 된다. 저 행성 같은 예술가들과 함께 깨고 함께 일어나며, 그러나 그들이 빛으로 빛날 때 비켜서 있는 존재, 빛은커녕 때로는 기꺼이 그늘이 되어도 좋았던 '그들'에 대해서 말이다.

우리는 미켈란젤로와 레오나르도 다빈치, 라파엘로와 도나텔로와 브루넬레스키와 카라바조라는 발광체에 매혹되고 감동하지만 그들이 빛을 내게 한 메디치 가문과 교황 율리오 2세나 보르게세 추기경에 대해서는 무심히 넘기거나 지식 검색 정도의 차원에서 싫고넘어갈 뿐이다. 하지만 예술가를 주직석이고 확고하여 지속적으로 후원한 메디치 가문이 없었던들 이탈리아 르네상스가 어떻게 가능했겠으며 예술도시 피렌체의 아우라가 어떻게 생겨났겠는가. 비록 끝없는 갈등의 연속이었지만 결국엔 거장 미켈란젤로와 라파엘로를 비롯한 일군의 천재 작가들 쪽에 서서 예술을 향해 교회의 문을 활짝 연 교황 율리오 2세가 아니고서는 이 천재들이 온전히 그 빛을 발하지 못했을 것이다. 그들은 모름지기 기업이나 교회가 예술가적 상상력과 한배를 타야 한다는 것, 그렇게 함으로써 내부적 힘을 가지고 앞으로 나아갈 수 있다는 확신을 가진 사람들이었다. 그리고 그 확신은 늘 논란의 대상이 되기도 했다. 예술적 비범함과 접속되지 않으면 힘을 잃을 것이라는, 가장 창조적인 자만이 창조주의 메시지를 전해줄 수 있다는 그 확신은 그러나 모험이었고 스스로 기초한 시련이기도 했다. 특히 『성경』을 문자세계의 밖으로까지 확산시키려는 시도는 수많은 의식의 규율과 부딪쳐야만 했을 것이다. 중세의 칼 찬 기사처럼 신학적 규범으로 무장한 사제들과 무모하고 가끔은 무질서하며 파괴적이기까지 한 화가들과 조각가들의 중립지 내에서 서로 다른 쪽을 바라보는 그들의 시선을 거두어 함께 영원 쪽으로 향하게 한 그 비범성은 어쩌면 예술가들의 창조력에 결코 뒤지지 않는 또하나의 재능 혹은 용기라고 할 수 있을 것이다.

긴 이탈리아 여행에서 돌아오는 비행기 안에서 떠오르는 상념 하나, 내 나라에도 메디치나 율리오 2세가 있는 것일까. 다른 것은 몰라도 예술과 영성을 묶어보려 노심초사 애썼던 교회 쪽 몇 사람이 떠오른다. 우선 한반도가 캄캄하던 시절에 프린스턴대와 예일대에서 신학과 철학을 배우고 돌아와 내파 상태에서 기독회를 통해 신학의 기초를 세우고 한국 교회 선진화에 기여한 전성천 박사가 생각난다. 문화 관련 정부 수장의 자리에 있으면서 멀리 무등산 자락의 의재 허백련을 찾아가 다담茶談을 나누었을만치 예술에 대한 이해가 깊은 사람이었다. 그이가 한국 미술과 한국 신학의 접목을 꿈꾼 사람이었다면 홍정길 목사는 시무하는 교회에 운보(전통화가 김기창의 호)홀이라는 전시장과 음악당을 세웠을 만치 꿈을 현실의 지평으로 옮긴 사람이었다. 그리고 그 꿈을 현실의 지평에 실현시켰을 뿐 아니라 활짝 꽃피운 사람이 오정현 목사다. 거의 미술사가나 비평가 수준의 안목과 성악 기량까지 갖춘 그는 '오직 『성경』, 오직 말씀'의 강고한 한국 개신교 문화에서 '그리고 예술'이라는 한 발을 뗌으로써 급격히 노령화하고 쇠락해가는 한국 교회에 유독 많은 젊은 예배자들을 끌어모았다. 세상의 시계는 이미 오래전부터, 똑딱, 똑딱, "문화가 답이다"라고 밀하고 있었지만 유독 교회만은 빗장을 가로지르고 있었다. 그 결과로 예술이 영성과 만날 수 있다고 기대한 잠재적 신자들을 소외시켜버렸다. 죄악이고말고다. 수시하나시의 하느님은 아름나움의 근원이시자 우주를 디자인하신 대예술가이다. 그 빛실 빈는 지성의 예술가 노력 '영성에 소외된 창의력으로 영원에 대한 산방을 사실 때 . 1가 나나는 실국은 창소투의 발꿈치일 수 있다.

교회가 창조주를 찬양하면서 동시에 예술을 부인한다면 논리상 이는 창조에 대항하여 싸우는 아이러니가 된다. 교황 율리오 2세와 몇몇 추기경들이 떠도는 환쟁이, 각쟁이를 신성한 성전에 불러들여 천상의 메시지를 전하라고 주문했던 것은 아무리 생각해도 당시로서는 큰 모험이었다. 그들의 날갯짓으로 저멀리 별까지 날아보라고 한 것만큼이나 모험이었다. 하지만 그들은 날개 대신 끌과 망치와 붓을 들고 맡겨진 소명을 다했고 그 결과로 그들이 만든 예술품들이 걸린 교회나 미술관을 향해 오늘도 세상의 동서남북에서 발걸음들이 모여드는 것이다. 창조주께서 그 모습을 보시고 미간을 찡그리셨을까. 아니라는 것쯤은 당신도 일고 있을 것이다.

괴테의 『이탈리아 기행』

괴테는 1786년부터 1788년까지 약 20개월 동안 베로나, 베네치아, 볼로냐, 피렌체, 로마, 팔레르모 등 이탈리아 삼십여 개 도시를 여행하며 부지런히 글을 쓴다. 그리고 여행에서 돌아오고 거의 삼십 년이 지난 1816년에야 삼십대 때 이탈리아 여행을 돌아보며 『이탈리아 기행』을 써내려간다. 그만큼 괴테에게 이탈리아 여행은 인생의 전환점이다 할 만한 시간이었던 셈이다.

바이마르에서 약 십 년간 정치가, 관리로서 바쁜 나날을 보내던 중 모든 것을 뒤로하고 훌쩍 이탈리아로 떠난 괴테. 그곳에서 사람들의 눈에서 벗어나, 고독하면서도 자유로운 생활을 누리고 그 과정에서 자연과 예술이 조화되며 괴테는 작가로서의 정체성을 되찾는다. 본래 3부로 구성된 이 책은 1816년에 제1부가, 1817년에 제2부가 출간되고 1829년에 제3부 '두번째 로마 체류기'가 완성된다. 이탈리아를 여행하면서 지인들에게 보낸 편지나 일지, 메모 등을 모아둔 이 책은 유적지에 대한 묘사나 풍속에 대한 소개뿐 아니라 기후나 지질과 같은 자연 환경, 인간에 대한 관찰, 동물학, 색채학 등에 대한 기록까지 대문호 괴테의 면면을 살피는 내용으로 구성되어 있다.

마침내 피어난 꽃, 피렌체

2부

두오모의
꽃봉오리

먼 길을 돌아
꽃의 도시에 오다.
사람보다 오래 피고
세월보다 오래 남을
꽃들의 도시.
두오모의 돔은
지지 않는 꽃봉오리.
그 꽃 속으로 난 문을 지나
꽃의 계단을 올라가면
만나게 되는
빛의 시간.
지물도록 바라보고 바라보아서
못다 보아 그리울 일

더는 없도록
세상에 하나뿐인
꽃봉오리를 보다.
안에서 보고 밖에서 보며
그렇게 한나절을 보낸다.

—

피렌체 산타마리아노벨라역. 추적추적 비가 내린다. 꽃이라고 불리우는 도시는 지금 눈 속에 있나. 인구 삼십여만 빈틈 이곳을 오백여년 세상은 꽃의 도시, 꽃 피는 도시라고 부르며 사람에게 하듯 연모의 마음을 보냈을까. 이는 아름다움으로 영원에 다가가려는 그 지독함과 인내에 대한 예찬이기도 할 것이다.

산타엘리자베타에 위치한 브루넬레스키 호텔에 숙소를 정한다. 꽃의 봉오리에 해당하는 두오모 대성당의 돔을 설계한 건축가의 이름을 그대로 쓰는 호텔이다. 아닌 게 아니라 호텔은 그가 직접 설계라도 한 듯 낭하가 길고 복잡하다. 층계를 오르내리며 이어진다. 나비넥타이를 매고 기름이 자르르해 보이는 검은 정장 차림을 한 호텔 매니저가 프론트에서 성큼성큼 걸어나오며 환한 얼굴로 맞아준다. 마치 시립교향악단의 지휘자쯤으로 보이는 풍모이다. 누군가의 글에서 보았다. 이탈리아 남자들은 나이들수록 멋있어지고 그 정점은 77세쯤이라고. 그리고 그 나이에 이르면 세상 누구에게나 있고 이탈리아 남자에게도 있는 어두운 면이 더이상 결점이 되지 않을뿐더러 때로는 그게 드러날수록 매력이 되기도 한다고. 육십대쯤으로 보이는 총지배인인 듯 싶은 남자가 나를 이끌고 가며 길고 긴 낭하를 좌로 우로 꺾으며 영어로 끊임없이 설명을 해준다. 예약한 방인 클래식룸 앞에 이르러서까지도 설명이 계속된다. 아무개 아무개 같은 유명한 인물이 여기 머물렀고 오늘은 당신이 있다고, 뻔한데다 좀 느끼하기까지 한 이 정도 멘트에도 여행자의 마음은 좀 출렁한다.

룸은 아닌 게 아니라 그가 좀전에 자부심을 느낀다고 말할 만큼 충분히 고풍하고 우아하다. 다만 첫눈에 딱 한 가지 못마땅한 점은 침대 모서리의 날카로운 금속 상신구다. 주의를 기울이지 않으면 부딪혀 멍이 들기 십상이다. (실제로 머무르는 동안 두 번이나 부딪히고 말았다.)

따뜻한 물로 샤워를 하니 물의 온도로 행복감 같은 것이 온몸에 퍼져 나간다. 흔히 이탈리아 남자들은 뜨거운 물로 샤워를 하며 아리아를 부른다는데 그 심정을 알 것 같았다. 우산을 펼쳐들고 바으로 나오니 포노의 심은 볼은 빈셀거리며 너 심고 오래된 대리석 신물 또한 순백으로 씻어진다. 클래실에서 성 푸 는 아래에서 비 내사를 세내던 인사가 내 쪽을 향해 회하 오유을 브네오디 모득 햇빛이 너무 오래 구름을 기리운다고 불평한(즉 니무 닐씨가 화창하다고) 죄를 고백했다는 한 사제의 이야기가 스떠다 무을 밀고 들이기 믹 구워내 마그게리다 피사를 시키는데 뎅거덩뎅거덩 종소리. 두오모 대성당 쪽으로부터 들려오는 것 같나. 이 좋은 피렌체 여행에 대해, 딱 구워낸 피사에 대해 그리고 어제의 햇빛과 오늘의 비에 대해 짧은 감사 기도를 드린다.

거의 모든 이탈리아 도시가 그렇지만 이 도시는 가톨릭의 바다 위에 떠 있는 듯 눈에 보이는 것, 들리는 것 모두가 그 궁극이 그 신성에 닿아 있다. 그 견고한 종교의 역사를 한층 강화하고 옹호하는 두 가지 장치가 바로 건축과 미술이다. 죄도 은혜도 모두 눈으로부터 오는 것. 그 우아함과 장엄함에 대한 탄성은 신에 대한 경외로 이어진다. 그래서

화홍산수

꽃의 도시, 꽃 피는 도시에 도착하다,

종종 이 도시에서는 관광이 곧 순례이며 일종의 종교적 행위가 된다. 비록 관광객이지만 함께 앉아 있다보면, 예배나 미사가 타성 무심함과 권태가 아닌 내면으로부터 조용히 타오르는 불길을 바라보는 시간이 되곤 한다. 이 도시의 매력 혹은 마력이라 할 만하다. 그런 면에서 교황청은 로마에 있지만 그 정신은 피렌체에서 더 타오른다고도 할 수 있겠다.

그 신성의 발화점이 바로 두오모 대성당이고 그 궁심에 두오모의 돔이 있으며 그 돔 안에 기적의 천장화가 있다. 바라보노라면 저절로 우리 안에서 잃거나 퇴색해버린 위대성에 대한 자각이 일어난다. 그리고 그 위대성에 대한 자각은 종종 신적 창조와 연결된다. 그렇게 함으로써 세상을 향한 온갖 무분별한 열정이 비루함에 가까운 것이라는 사실을 인식하고 헛된 욕망 또한 정중하게 내려놓으며 사양하게 되는 것이다. 저 불가사의한 성당의 돔과 그 아이 그림을 바라보면서 그 예술 때문에 고양된다. 그래서였을 것이다. 장구한 세월 눈물 겨운 봉투고 산타마리아 델 피오레(피렌체 두오모 대성당의 원래 이름), 즉 꽃의 성모마리아 성당은 지어진 것이다.

그 어떤 잘 쓰인 경전이라 한들 한눈에 압도해오는 저 같은 장엄과 아름다움에 미치겠는가. 거기에서는 뭇 삶의 내막의 비밀은 볼세난을 하염없이 돌고 돌아서 만나게 되는 돔, 그리고 그 광대한 천국의 상상도를 보는 순간 누구라도 거의 두 가지 의식이 동시에 일어남을 느끼게 되지 않을까 싶다. 내려놓음과 비상. 내려놓는다는 것은 자기 포기이고 비상한다는 것은 높은 수준의 영적 단계로 순간 이동을 하는 일이다. 어쩌면 그 하강과 비상을 맛보기 위해 사람들은 굳이 머나먼 길 마다 않고 이곳을 찾아오는 것이 아닐까.

인고의 세월을 지나 핀 '꽃의 성모마리아'

피렌체에 정착한 우밀리아티 교단의 수도사들에 의해 1239년부터 피렌체에서 모직 산업이 시작됐다. 이 때문에 1400년대 초반 피렌체는 당시 유럽에서 가장 부유한 도시로 이름을 떨친다. 이러한 부를 토대로 14세기 피렌체에서 건축 붐이 불어 개인 대저택을 비롯해 수도원이나 성당, 베키오궁 등 다양한 건축물이 세워진다. 그리고 그 중심에 놓인 것이 바로 산타마리아 델 피오레 대성당이었다.

피렌체 정부는 고대 로마 시대에 지어진 낡은 산타 레파레타 성당을 허물고 그 자리에 산타마리아 델 피오레 대성당을 신축하기로 한다. 완성만 되면 기독교권에서는 가장 큰 규모의 성당이 될 터였다. 아르놀포 디 칸비오의 설계로 1296년부터 시작된 교회 건설은 생각처럼 쉽게 진행되지 않는다. 평생 종탑을 지은 조토 디 본도네나 흑사병으로 세상을 떠난 안드레아 피사노를 비롯해 수많은 건축가가 이어달리기하듯 이 성당의 건축에 매달린다. 하지만 화룡점정이라 할 수 있는 돔을 올리는 작업이 난항을 겪어 성당은 오랜 기간 미완성된 채 방치된다. 결국 1418년 공모전에서 브루넬레스키의 설계안이 뽑히고, 공사 끝에 1436년 마침내 성당은 완성된다.

'꽃의 성모마리아'라는 뜻을 가진 이 성당은 완성되었을 당시만 해도 세계에서 가장 큰 성당이었다. 바닥에서 돔 윗부분까지는 90미터에 이르고, 돔의 무게만 해도 3만 7천 톤에 이를 정도라 멀리서도 가까이에서도 그 위용을 뽐낸다.
우리에게는 영화 <냉정과 열정 사이> 속 주요 배경으로 등장해 더 유명해졌다.
이 때문에 피렌체에 가는 관광객들이 반드시 찾는 곳이기도 하다.

산타마리아 델 피오레 대성당
주소: Piazza del Duomo, 50122 Firenze FI, 이탈리아
홈페이지: https://duomo.firenze.it/it/home

쿠폴라에서
천국을 보다

지상에는 늘 불우한 어둠과 그늘.

굴곡진 삶과 아픈 상처.

그러니

몸이여, 날개를 달고 날아오르자.

빛이 쏟아지는 쿠폴라를 향해

마음아 너도 함께 가자꾸나.

아프고 또 아픈 세상일랑 놓아버리고

문득 날아오르자.

환한 그곳으로

별과 달이 아주 가까운

그곳.

어둠과 눈물 없는 그곳으로.

피렌체 두오모 대성당의 내부 계단은 비좁고 가파르다. 마치 바위산을 오르는 느낌인데 앞사람의 엉치를 보며 이어지는 행렬은 끝이 없다. 그런데 유난히 한국어와 일본어가 많이 들려온다. 짐작가는 바가 없지 않았다. 영화 〈냉정과 열정 사이〉다. 에쿠니 가오리와 쓰지 히토나리 두 사람이 쓴 그 소설을 영화화하여 메가드를 맡고 그 영화에 나오는 피렌체의 두오모는 많은 젊은 연인의 로망이 되었다. 영화에는 이런 대화가 나온다. "피렌체 두오모는 연인들의 성시래. 영원한 사랑을 맹세하는 곳, 언젠가 함께 올라가주겠니?"

숨을 몰아쉬며 피렌체 대성당의 정상 난간에 이르러 건너편 조토의 종탑과 넓게 펼쳐지는 붉은 기와의 숭세풍 도시를 내려다보는 일. 비록 영화 속 대화가 아니더라누 그 붉은 기와 꼭대기까지 함께 올라와 사랑을 고백하면 누구라도 설레고 흥분되는 그 추억이 평생의 기억으로 남을 만하다. 이렇게 피렌체의 두오모는 오늘날 사랑을 고백하기 위한 연인들의 장소가 되었지만 이 성당이 지어지고 다시 돔이 올라가고 그 안에 그림이 그려지기까지는 상상을 불허하는 인고의 세월이 존재했다.

성당의 초석이 놓인 것은 1296년으로 기록되어 있다. 그러나 돔 공사가 완료되고 거기 그림이 그려지기까지는 무려 140년의 세월이 더

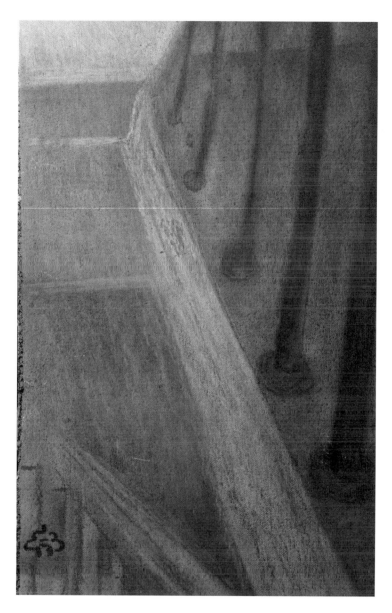

빛의 집
별과 단이 가까운, 그곳에서 구원이 빛을 보았다.

흘러야 했다. 도대체 왜 성당 하나를 짓는 데 한 세기를 훌쩍 넘는 장구한 세월이 필요했던 것일까. 건축의 지붕에 해당하는 둥근 돔을 만드는 게 난공사였기 때문이었다. 운동장같이 광대하게 넓은 하늘에 기둥 없이 금속의 뚜껑을 덮는 일은 불가능에 가까웠다. 이라크 바그다드 출신의 자하 하디드가 동대문 DDP를 설계했을 때도 가장 난점은 그 흐르는 듯한 구조물의 물결 디자인을 내부 기둥 없이 커다란 텐트처럼 살려내는 일이었다. 그녀의 설계안이 발표되었을 때 사방에서 믿을 일 없다고 융단 폭격을 퍼부어댔던 일이 아직도 생생하다. 21세기에도 이런 캡슐형 지붕은 난공사 중의 난공사인데 그 옛날 100미터를 훌쩍 넘긴 공간을 금속의 거대한 뚜껑으로 덮는 일은 거의 기적에 가까웠다.

그 엄청난 크기의 돔도 돔이지만 그 돔을 감아돌며 거기 그려진 그림을 보았을 때 나는 벌려 입을 다물 수가 없었다. 예수 그리스도를 주신으로 그려신 죄우의 심판과 천국의 그림은 또하나의 불가사의 중의 불가사의였다. 까마득 높이 비계를 놓고 그린 것일까. 아니면 조각조각 그려서 이어 붙인 것일까.

『성경』에서 바울은 자신이 3층의 천국을 보고 왔노라고 고백한 적이 있는데 과연 서와 방불했을 것 같다는 생각이 들 정도로 천국이 실존으로 누각에 새새기에 벌거서 깨뻗디 기뇌 ㅂ뽕에 그리긴 싱긴 교싱을 보며 문득 프로이트의 '언캐니' 이론이 떠올랐다. 그가 말한 언캐니는 모든 인간 존재가 되돌아갈 수 있는 고향의 문이다. 즉 태초에 나왔던 곳으로 되돌아가는 문이다. 낯익은 곳, 언젠가 와본 적이 있는 곳인데 관습과 억압에 의해 낯선 곳이 되어버린 원래 익숙했던 문이다. 프로이트는 이를 모태의 자궁으로 설명한다. 돔의 거대하고 둥근 형태는 어떤 면에서 영혼의 자궁 같은, 떠나온 고향의 의미로 다가온다. 모든 생명 유기체의 무의식은 원래 생태로 되돌아가려는 의지를 지닌다. 하지만 그 결과로 역설적이게도 삶의 목표가 결국 죽음이라는 결론에 도달한다. 그래서 『욕망, 죽음, 그리고 아름다움』을 쓴 할 포스터는 '죽음은 삶 속에 내재되며 삶은 죽음으로 가는 우회로'라고 규정한다. 다분히 노장 사상과 겹치는 부분이다. 삶과 죽음의 대립적 구도는 결국 죽음으로서 통합된다는 것인데 그럼에도 인간은 끝없이 죽음으로 인한 분리와 상실을 두려워하여 그것에 저항하거나 피해가려 한다.

어쩌면 피렌체 사람들은 죽음을 넘어서거나 이겨내고 그 공포로부터 해방되기 위하여 땅 위에 저 천국의 모형을 세우지 않았을까 싶다. 저 상제의, 아니 신의 집이 지켜주는 한 우리는 안전하다는 생각, 악한 영혼이 틈타지 못하리라는 결속 같은 것이다. 그런 면에서 두오모의 돔과 천장화는 마치 옛 이집트인들이 세운 피라미드처럼 두려움과 외경, 환희와 승리의 혼합물이라 할 수 있을 터이다. 그런 시각으로 피렌체의 성당을 바라보면 저 사람들은 죽음마저 이길 수 있다는 믿음을 갖지 않았을까 싶다. 그 믿음이 없고서야 어찌 집 한 채를 짓는 데 140년의 세월이 걸릴 수 있었겠는가. 그래서 그들은 하늘의 뚜껑에 해당하는 쿠폴라(둥근 돔을 이르는 이탈리아어)에 그토록이나 집착하지 않았을까 싶다. 쿠폴라는 땅은 평평하나 하늘은 둥글고, 인생은 유한하나 천국은 시간과 거리의 경계 없이 둥글다는 믿음의 발로였다.

실제로 천장화를 대하는 동안 다른 차원의 세계로 순간 이동한 기분이었다. 플라톤의 '사다리' 대신 돌계단으로 날개 아닌 관절을 통해 고공에 이르렀지만 확실히 천상의 입구에 이르러 구원의 빛 앞에 선 듯한 황홀함이 있었다. 플라톤은 우리가 시각적 인도를 통해 더 폭넓고 긍정적인 세계로 나아갈 수 있다고 본 최초의 철학자였다. 그는 그곳에 이르려면 (야곱의 사다리 아닌) '사랑의 사다리'에 올라야 한다고 말했다. 나는 비좁은 난간에서 중앙의 천장화를 보며 혼이 뺏겨 있는데 사람들은 그림은 건성이고 내 등을 쉼없이 비켜가며 한사코 바깥 문 쪽으로만 나가려 한다. 어쨌거나 당시 피렌체 사람들은 이처럼 신앙과 통찰에 이르기 위해서는 예술가의 영감에 의한 형상의 도움이 절대적으로 필요하다고 생각했던 듯하다.

"믿음은 바라는 것들의 실상"이라는데 사람들에게는 보고 믿을 신앙 대상이 절실히 필요했을 것이다. 예수께서는 보지 않고 믿는 자가 더 복되다고 하셨지만 우선 그 믿음으로 들어가는 문 지체나마 희미하게 보여야 한다는 것이 인간의 생각이었던 셈이다. 천국에의 열망이 믿음으로 강화되기 위해서는 우선 바라보고 마음에 다져야 할 모형 천국이 필요했던 것이다. 그리고 두오모의 돔은 마침내 눈에 보이는 것이 되어 삭은 진심이 되어주었다.

경이로움의 정수, 브루넬레스키의 돔

피렌체의 상징으로 자리잡은 산타마리아 델 피오레 성당은 1296년 아르놀포 디 캄비오의 설계로 착공되었다. 여러 차례 담당자가 바뀌며 한 세기 넘게 미완성인 채 공사가 이어졌는데 이는 중앙의 돔을 얹는 일 때문이었다. 중앙에 돔을 얹는 디자인으로 애초에 구상되었으나 당시 기술력으로는 이는 거의 불가능에 가까운 일이었다. 돔을 올리지 못한 성당 공사는 백 년 넘게 지지부진했다. 그러던 차 1418년 돔의 설계를 두고 공모전이 열리고 여기서 브루넬레스키의 안이 채택된다.

브루넬레스키는 건축 내부에 나무틀을 세우지 않고 자기만의 방식으로 돔을 구상한다. 돔의 내력벽을 원형이 아니라 여덟 개의 면으로 구상하고 큰 돔 안에 작은 돔을 넣어 별도의 내부 지지대를 사용하지 않는 설계였다. 돌과 벽돌로 만든 8각의 구조물은 외경이 54.8미터이고 내부는 45.5미터일 정도로 그 규모가 대단하다. 이 돔을 짓는 데 무려 사백만 개의 벽돌이 사용됐고 그 무게는 3만 7천 톤에 달할 정도다. 완공 당시 유럽에서 가장 큰 석조 건물이었고 오늘날까지도 강화벽돌로 만든 돔 중 이보다 큰 것은 없다. 무려 16년간의 공사 끝에 산타마리아 델 피오레의 낙성식이 거행된다. 그로부터 십 년 뒤 69세의 나이로 사망한 브루넬레스키는 이곳 지하실에 묻히는 영광을 얻는다.

둥근 돔의 내벽은 <최후의 심판>이 장식하고 있다. 당시 최고의 프레스코 화

가였던 바사리가 시작해 페데리코 주카로가 완성한 이 작품에는 고통에 몸부림
치는 해골의 모습과 갈퀴를 휘두르는 악마의 형상이 담겨 있다. 브루넬레스키
는 내부 꼭대기 채광 창에서 빛이 쏟아지는 로마 판테온에서 착안해 두오모 대
성당에도 중앙에 원창형 전망대 공간을 만들어둬 빛이 쏟아지게끔 구성했다.
그야말로 기술과 예술의 놀라운 협업이라 할 만한 건축물이다.

광장의
불꽃

시뇨리아 광장에
광야의 요한처럼 홀연히 나타난 사제.
비에 젖은 몸들이
그가 들어 올린 횃불을 바라본다.
이 도시에서 도망쳐라.
지옥의 불실이 타오르기 전
이서 도망쳐라.
네 마음의 눈을 떠서
마지막으로 사랑하는 것들을 바라보아라.
삼시 잠깐 후면
지상의 문들이 닫히고
더는 두오모의 종소리도 들리지 않을 터이니.
어서 가라.

등뒤에서 타닥타닥
쫓아오는 불길을 피해
달리고 또 달려라.

시뇨리아 광장. 베키오궁과 우피치미술관이 지적인 피렌체의 아고라 Agora다. 한낮인데도 하늘에는 눈썹 같은 초승달이 걸려 있다. 사람들이 오가는 이 안온한 광경이 한때는 광기와 살인의 현장이었음을 떠올리기 쉽지 않다. 발소리도 내지 않고 걷던 걸음들이 왜 광장에만 모이면 흥분하여 지축을 흔드는 것일까. 광기의 물결을 일으키는 것일까. 왜 충동의 에너지로 들끓는 것일까. 우리만이 정의라고 믿게 하는 광장. 다수의 물결이 개인의 고독과 소외를 일거에 지우는 광장. 진실로 광장의 매직이다.

'시뇨리아'는 원래 '통치자'라는 뜻. 그러나 광장을 통치하는 자는 왕왕 그 희생자가 된다. 광장의 역설이다. 호산나, 예수는 구세주라고 찬양하던 군중이 그를 십자가에 처형하라고 외치던 곳도 빌라도의 광장이었다. 시뇨리아 광장에서도 그 광기와 흥분의 여진이 느껴진다. 그 옛날 세계사 시험 문제에 가끔 나왔던 문제적 인물 사보나롤라.

광장의 조각상 중 〈메두사의 목을 든 페르세우스〉라는 작품을 보면서 불현듯 이 광장에서 화형을 당한 그 이름이 떠올랐다. 한때는 피렌체 시민의 유일한 위안이었고 희망이었던 그 이름이 집단적 광기와 증오를 불러오는 표석이 되기까지는 물과 사 년의 세월이 흘렀을 뿐이다.

생명의 노래
광야의 요한처럼 광장에 홀연히 나타난 그를 생각해본다.

철옹성 같은 메디치 가문의 지배력 속에서 이 이방인은 군대도 칼도 없이 어떻게 도시의 수장이 될 수 있었을까. 굉음을 내며 연일 무너져 가던 당대의 메디치와 피렌체의 문명 지도를 빼고는 설명할 수 없다. 광장에는 메디치가를 부흥시켰던 코시모 1세의 위풍당당한 청동기마상이 서 있다. 그의 후예는 위대한 자 로렌초. 43세로 죽었지만 그 위대한 자의 생애는 숨가빴다. 레오나르도 다빈치나 보카치오 같은 예술가를 전폭적으로 후원했고 마르코의 자기 정원에는 조각 학교까지 열었다. 열다섯 살 난 소년을 데려와 그 조각 학교에서 공부하도록 하고 아들처럼 돌보았는데 그가 미켈란젤로였다. 이탈리아의 도시 국가 가문 데시노 피렌체를 가장 융성하게 만들면서 르네상스를 주도해갔다.

그러나 그가 죽은 후 피렌체 통치를 위임받은 아들 피에로 메디치는 유약했다. 약하면 밟히는 법. 프랑스가 침공해왔다. 이런 날을 예언했던 사보나롤라는 광야의 요한처럼 외쳤다. 회개하라! 지옥이 입을 벌리고 있다. 로렌초의 임종 자리에 있었던 수도사 사보나롤라는 부도덕과 부패를 몰아내고 새로운 기독교 공화국을 세우지 않으면 결국 피렌체가 지옥의 불 속에 집어덤져질 것이라는 설교를 예언처럼 했다. 원래 로렌초와도 가까웠던 그는 로렌초 사후, 정면으로 메디치를 공격하기 시작했다. 메디치 가문의 붕괴와 함께.

피렌체인의 자긍심은 여지없이 무너지고 쓰나미처럼 불안과 불만의 기류가 부풀어올랐다. 사보나롤라는 메디치 가문의 부패와 교황청의 부도덕을 함께 공격했다. 그와 함께 시민들로 하여금 집안에 있는 모든 부도덕한 물건을 광장에 가시고 나오도록 했고 이를 불 살랐다. 도덕 재무장과 영적 각성 운동이 일어났다. 많은 서적과 악기, 예술품, 심지어 형신료 같은 것이 불살리졌다. 병셔 기방에 만해질 만하 끼든 므구리

불살라져야 했다. 예컨대 피렌체판 분서갱유였다. 불안한 피에로, 무능한 피에로가 이끄는 집권 세력 대신 시민들은 이 카랑하고 단호한 예언자에게 열광했다. 모든 술집이 문을 닫았고 경건과 자숙 모드로 돌입했다. 프랑스의 침공 같은 굴욕의 날이 도래한 것도 메디치 가문과 교황의 도덕적 타락과 부당한 부의 축적이 가져온 결과였고 이를 방관하거나 추종한 시민들도 그 책임을 비켜갈 수 없다는 생각에서였다.

여기서 한 호흡 쉬면서 사보나롤라의 미치지 긴걸음 들여볼 필요가 있다. 그는 메디치 가문이 일으킨 문예부흥, 그중에서도 거장들의 창작품에 대해서만은 극단적 태도를 유보했다. "인간의 몸이 아름다운 것은 그 몸이 영혼을 담고 있기 때문이다" "예술은 자연을 모방하되 예술가는 거기에 각자의 표현을 더할 수 있다" "모든 시가 꼭 운율을 맞출 필요는 없다"처럼 온건주의적 관점을 지녔다. 시민미술관의 '미소년'은 그래서 아직까지도 살아 있다. 부두덕한 무품을 본데요도대 했지만 그렇다고 반半나신의 조각상이나 성물聖物까지는 아니었다. 예술에시민큼은 성聖과 속俗의 경계 짓기가 애매해서였을까.

사실 그에게는 영성과 예술성에 대한 깊은 이해 같은 것이 있었다. 교황청이나 메디치 가문에서 예술품 장식에 지나치게 돈을 많이 쓴다며 공격은 했지만 좋은 예술이 신서에 다가가기 될 미끼되는 반박 시체는 흔들리지 않았다. 그런데 술집의 문을 닫고 금식과 기도의 나날을 계속하는 데에는 한계가 있었다. 시민들은 차츰 그가 제시한 고통스러운 이분법에 지쳐갔다. 비록 자발적 의지로 하는 행동이 아니라 해도 삶에 들어오는 불결한 측면과 일상으로 스며드는 죄성罪性을 완전히 박멸하기란 애초부터 불가능한 일이었다. 그리스도가 십자가에 못 박힌 것이야말로 그 사실을 직시케 하는 것이다. 인간이 온전히 깨끗하고 성화된 상태라면 창조주는 굳이 그 아들에게 골고다의 고통을 내리지 않았을 것이다.

서서히 성화聖化와 성인聖人에 대한 집단적 열망과 최면 현상이 걷히면서 선지자는 공격 대상이 된다. 노회한 교황 알렉산데르 6세는 이 흐름을 놓치지 않았다. 종교재판에서 사형을 언도받은 사보나롤라는 성난 군중에 의해 결국 광장의 장작더미 위에서 십자가의 틀을 지운 채 세워진다. 예수처럼 제자 두 사람도 그 좌우로 십자가에 매달린 상태였다. 광장의 불길은 하늘로 치솟았고 사보나롤라와 두 제자를 그 불길의 혀가 삼켜들어갔다. 심판의 날과 지옥의 불길이 임박했다고 외치던 그는 그렇게 하여 에워싼 군중이 지켜보는 가운데 재가 되어버렸다.

그 역사적 사실일랑 아랑곳없이 관광객들은 분주히 오가며 시뇨리아 광장의 사진을 찍는다. 활기 넘치는 광장. 피의 흔적 같은 것은 없다. 하늘은 맑고 햇살은 눈부시다.

당돌한 개혁가, 사보나롤라

지롤라모 사보나롤라^{Giolamo Savonarola}(1452~1498)는 도미니크회 수도사로 르네상스의 중심시인 피렌체에서 새로운 근본주의 기독교를 선보하며 인기를 끈다. 양모 산업이 침체되면서 경제적으로 타격을 입자 피렌체 시민들은 루레츠가를 비롯한 지배층의 사치스럽고 화려한 생활방식에 서서히 등을 돌린다. 훌륭한 건물이 피렌체 곳곳에 들어섰지만 그와 반대로 빈부 격차에 고통스러워하는 이들은 늘어났다. 그런 상황에서 등장해 부패한 권력 다툼인 신지지를 맹비난한 사보나롤라의 설교를 듣고 사람들은 이내 그를 열렬히 추종한다.

사보나롤라는 새로운 기독교 공화국 설립을 위해 개혁을 시도하고, '위대한 자 로렌초'의 죽음 후 프랑스의 샤를 8세가 피렌체로 입성했을 때 그를 설득해 피렌체의 권력을 삽는다. 자신이 꿈꾸던 '하느님의 도시'를 세우기 위해 사보나롤라는 도덕써 세력실 맞세워 시민들을 억압해나가면서에서 반대 세력도 점점 많아져 교황 알렉산데르 6세가 그를 파문하기에 이른다. 사보나롤라는 교황의 파문 결정을 무시하고 계속하여 설교를 강행하고 자신이 기적을 수행할 것이라는 암시까지 한다. 이를 증명하기 위해 불에 달군 석탄 위를 걷는 '불의 시련' 행사까지 준비될 정도로 갈등은 심화된다. 결국 그를 따르던 두 명의 도미니크회 수도사들과 함께 그는 화형에 처해진다.

고요하지만 강한
예술의 힘

정치는 일시적으로 힘이 세나.
그러나 예술은 오랫동안 힘이 세다.
메디치를 일으킨 자는
그래서
칼 든 용병 대신
붓 든 화가들을
끌어모았다.
뒹구는 돌 같은 소년들이
보석이 되어가는 것을 바라보면서
그들이 가문을 지키고
그 위대성을
만방에 알린 것을 알아챘다.
사람들이 그 앞에 모자를 벗고

무릎 꿇고 서리라는 것을 알았다.
그리고 그 예언처럼
오늘도 사방에서 몰려와
우피치,
오피스가 된 미술관이 된
그곳에서 모자를 벗는다.

높이 떠서 펄럭이는
푸른 깃발이 된
우피치.

—

피렌체는 사람 사는 동네의 맛이 나는 도시다. 의, 식, 예술가 뒤섞이며 어우러져 있다. 비숍빈노 시관의 오래긴 회교처럼 정겹고 아침부터 밤 늦게까지 열리는 푸드코트에는 송로버섯부터 한국형 막국수까지 없는 음식이 없다. 우리네 옛 판자촌처럼 다닥다닥 붙어 있는 베키오다리 위의 상점들을 둘러보다가 좌판 같은 노천 식당에서 이탈리아식 샌드위치로 점심을 먹는다. 지나치게 짠 것만 제외한다면 혼자 먹기 어려울 만큼 푸짐하다. 가죽 제품을 만들기 위해 껍질을 벗겨낸 고깃덩어리로 만든 티본스테이크와 곱창 버서도 있다. 하지만 저녁에는 산타마리아 노벨라역 근처에 자리한 강남식당을 찾아볼 작정이다. 이탈리아 여행이 길어지는 만큼 한국의 소울푸드가 필요한 때이다.

아르노강 위의 베키오다리는 마치 수상가옥 같다. 귀금속이며 가죽 제품을 파는 작은 상점이 다닥다닥 붙어 있다. 다리가 처음 세워진 것이 1345년이라는데 무려 칠백 년 가까이나 옛 모습을 유지하고 있는 셈이다. 아르노강은 강이라고는 해도 한강처럼 폭이 넓고 수량이 많은 강은 아니라서 마치 정체된 옛 모습 같은데 이제는 도시의 정거운 명소로 사랑받고 있다. 문명의 속도가 어지러울 만큼 빨라지면서 동화 속 이야기 마을처럼 옛 모습 그대로 서로의 가난한 어깨를 이어가며 서 있는 다리 위 가게들이 크고 번쩍이는 건물들보다 더 정겹다. 그리고 이런 정경에 어울리는 미술관 우피치. 건물은 소박하고 시간의 더께가 내려앉아 있지만 그 안의 작품만은 최고의 걸작들로 꾸며진 우피치. 원래 오피스였던 우피치는 그대로 전시관이 되고 메디치 가문 미술품의 수장고가 되었다.

한나절 동안 우피치미술관을 다 돌아본다는 것은 이 유서 깊은 미술관에 대한 교두일 다. 그리니 핀니길히 시닌 ㅡㄴ싱ㅡㄴ 비술핀 스게치를 끝내야 하는 것이 여행자의 아쉬움이다. 그 빛들의 방을 돌며 몇몇 선자는을 눈 속에 담이오다.

치마부에와 조토

치마부에이 자품을 실믙로 보기는 치음이있다. 늘럽세노 ㄱ의 ㄱ팀 〈산타 트리니타 마에스타〉(장엄의 성모)는 성모를 중앙에 배치한 후 좌우로 기하적 공간 분할을 시도하고 있다. 마치 조선 민화의 〈책가도〉 같은 모습이다. 다만 너무 오래되어 상태가 안벽히지 못헌 것이 흠.

치마부에 밑에서 자란 제자 조토는 전시실 하나를 온전히 차지하고 있다. 칭출어담인 셈이나. 내제로 숭세미술에서는 인간의 얼굴에 희로애미이 민낌미 ㅡ니니는 깃믈 제제밋다. 그러나 소두의 성부상을 없믐 미소와 함께 화장한 듯한 얼굴이다. 거기다 봉긋한 가슴이며 신의 어머니로서의 분위기를 찾아보기 어렵다. 이처럼 그는 종교화에 인간의 감정이 담기는 것을 숨기려 들지 않았던 듯하다.

마사초

우피치에서 마사초를 만난 것은 행운이었다. 전성기인 스물여섯 살

무렵에 그린 것으로 전해지는 벽화는 마치 3D영상을 보고 있는 듯, 삼
차원의 공간을 소실점 구도 속에 구현하고 있다. 그러나 이 숨겨진 천
재는 동료들의 시기 끝에 살해당한다. 그 나이 스물일곱 살 때 청운의
꿈을 안고 상경한 로마에서였다. 당시의 예술계에는 일군의 천재들이
한꺼번에 나타났지만 그만큼 시기와 질투, 견제와 모함도 많았던 것 같
다. 무림武林 같은 예원藝園이었던 깃.

보티첼리

이, 그녀는 모티젤티의 밤에 있다. 〈비너스의 탄생〉 뮤세 이후 처음
로 그러진 누드화. 실존했던 시모네타 베스푸치라는 여쉬을 모델로 그
려졌다는데 화가가 홀로 연모해 마지않던 그녀는 스물두 살의 나이에
죽었단다. 아름다움의 정점에서 져버린 것이다. 보티첼리는 훗날 자신
을 그녀의 무덤에 함께 묻어달라고까지 했단다. 그런데 이 명화는 내
눈에 어쩐지 어색해 보인다. 목의 꺾임도, 팔 길이도 언밸런스하게 보
인다. 그러나 미술사적으로는 하나의 전기를 이룬 작품.

레오나르도 다빈치와 미켈란젤로

레오나르도 다빈치의 〈수태고지〉는 나무에 템페라와 유채로 그린 작
품인데 그가 베로키오의 문하생 시절에 처음으로 혼자 그려 완성한 작
품이라고 한다. 이 불세출의 전인적 인간은 기계공학과 해부학, 기상
학, 군사 무기학, 광물학, 음악, 생물학, 요리 등 거의 전 분야 전 영역
에 걸쳐 재능을 타고난 사람이었다. 도대체 당신이 못 하는 것이 무엇
이냐고 묻고 싶은 지경이다. 그의 〈수태고지〉는 과학적 시각과 수학적
면 분할 능의 역량이 회화 기술의 방편으로 발휘되어 있었다. 이에 반

해 미켈란젤로 역시 나무에 〈톤도 도니〉(일명 성가족)를 그렸는데 이 그림에는 조각적 볼륨과 동세가 잘 드러나 있다. 〈성가족〉의 배경에 그려진 나체 인물상 또한 조각가적 역량을 내보이고 싶은 그의 욕망의 발로로 보여진다. 그래서였을까. 그의 그림은 '몸'을 가려버리는 '옷'을 못 견뎌 한다.

그리고 카라바조

문제적 인물 카라바조의 그림 앞에 선다. 우피치에 걸린 카라바조의 〈메두사의 머리〉는 지름이 겨우 55센티미터의 둥근 그림이다. 그러나 그 그림이 주는 충격의 파장은 크다. 메두사는 그리스신화에 나오는 마녀. 음주한 얼굴에 튀어나온 눈. 그리고 머리카락은 한 올 한 올이 모두 뱀으로 되어 있다.

신화에 의하면 메두사의 눈을 마라보는 사람은 그 순간 돌로 변해버린다는데 그 메두사의 목을 베어오라는 명을 받은 페르세우스는 그녀를 직접 보지 않고 방패에 비친 얼굴을 겨누어 그녀의 목을 벤 다음 아테나 여신에게 바친다. 뱀, 죽음, 광기가 이 작은 소품을 채우고 있다. 메두사에게 눈을 빼앗기는 사, 결국 돌이 되고 숙는다는데 디자이너 지아니 베르사체는 그 메두사 얼굴을 브랜드 로고로 썼다. 그 메두사의 서주 때문이었을까. 여동생 도나텔라와 함께 베르사체 제국을 일으킨 그는 마이애미의 저택 앞에서 한 연쇄살인범의 총에 맞아 죽는다.

메두사 신화를 카라바조는 너무도 생생하게 그려내는데 이 작품이 1598년경 그려졌다는 점을 상기할 때 그 마성의 천재성에 놀라지 않을 수 없다.

문화 권력이 된 우피치

'문화 권력'이라는 말이 있다. 정치 권력은 한시적이지만 문화 권력은 그 힘이 길고 오래간다. 우피치는 1572년 메디치가의 코시모 1세에 의해 건축이 결정된다. 행정과 사법 업무를 관장할 새 건물이 필요했고 이를 화가이자 건축가 그리고 『미술가 열전』을 쓴 저술가이기도 했던 바사리에게 맡긴다. 예컨대 미술관 아닌 사무실 즉, 오피스를 신축하도록 한 것(우피치는 영어로는 오피스라는 의미다). 건물은 아르노강변에 두 채로 지어졌고 건물과 건물은 좁은 복도를 통해 오가도록 설계되어 있다. 건물을 완성한 코시모 1세는 신고들이 했던 것처럼 예술가늘을 특별 대섭했다. 건물의 1층에는 자신의 집부실을 2층에는 예술가들의 작업실을 마련해주었고 3층에는 예술가들이 작업을 끝낸 작품을 전시하도록 배려했다. 행정 사무실과 그리고 이렇게 모아진 한 가문의 컬렉션은 1769년 일반인을 향해 활짝 문을 연다. 사적 소유물이 공적 문화유산이 되는 순간이었다.

권력자는 자칫 스나이퍼의 사정권 안에 들어올 수 있기 때문에 7부 능선 아래로 다녀야 한다고 칼럼니스트 조용헌 교수는 말했다. 본래 한미했던 메디치 가문은 양모업 등으로 부를 축적하여 피렌체에 은행을 설립하는 등 영향력을 키워가다가 마침내 15세기경부터는 피렌체를 실질적으로 지배하기 시작했다. 그러나 민심에 늘 예민했고 코시모 때부터는 시민의 마음을 사기 위해 노력했다. 예컨대 7부 능선을 넘어 스나이퍼의 사정권 안에 잡히지 않으려 애썼다. 꼭 그래서인지는 모르겠으나 메디치 가문은 조직적으로 예술가를 후원하고 양성했으며 이를 가문의 선농으로 심었나. 찌능 베느모 베는가이 신꺼 마하 겨삿더었으며 배맞춰 일군의 전세들이 쏜이저니와 메디치 가문의 기대에 부

응했다.

예술, 특히 미술은 자본의 꽃이다. 메디치 가문은 자본이라는 물을 주어 예술의 꽃이 만발하도록 도왔다. 꽃을 향해 총구를 겨누는 저격수는 없다. 한미했던 상인 집안이 수세기 동안이나 피렌체의 실질적인 지배권을 가졌을 뿐 아니라 무려 네 명의 교황까지 배출한 데에는 예술의 힘이 컸다. 그런 의미에서 붓과 끌을 든 메디치 가문의 예술가들은 칼을 찬 무사들보다 강한 힘을 가지고 있었다. 그것을 미리 간파했다는 점이야말로 메디치가 가진 위대성이라고 할 것이다.

예술의 힘, 우피치미술관

우피치미술관은 피렌체의 메디치 가문에서 이백여 년에 걸쳐 수집한 컬렉션으로 꾸며진 미술관이다. 1561년 메디치가의 코시모 1세의 지시로 착공된 이 건물은 원래는 공무를 집행하는 건물로 사용됐다. 이십 년이 지난 후 프란체스코 1세가 꼭대기 층에 미술품을 전시하는 공간을 마련하고 이후 레오폴도 추기경이나 페르디난도 1세, 메디치 가문의 마지막 군주였던 지안 가스토네 대공 등이 풍성한 컬렉션을 채운다.

1737년 지안 가스토네가 세상을 떠나며 메디치 가문의 대가 끊기는데, 이때 마지막으로 상속받은 안나 마리아 루도비카가 공익을 위해 예술품을 기증하면서 일반인에게도 이 소장품들이 공개된다. 안나 마리아 루도비카는 '모든 예술품은 국가 소유이며 공익을 위해서라도 수도와 공국 외부로 유출할 수 없다'라는 조항을 걸고 모든 예술품에 대한 권리를 새 왕조로 양도한다. 이러한 뜻을 기려 오늘날에도 우피치미술관 입구에는 그녀의 초상이 걸려 있다. 고대 그리스의 미술작품부터 보티첼리, 라파엘로, 티치아노, 카라바조 등 2500여 점의 다양한 작품을 이곳에서 만날 수 있다.

우피치미술관
주소: Piazzale Degli Uffizi 6, 50122, Florence Italy
홈페이지: https://www.uffizi.it/en

소년,
소녀를 보다

그날 골목에서
소년은 소녀를 보았다.
그 한순간이
보는 날 모든 호흡이 될 줄을
그때는 몰랐었다.
그때노 으는 반세상는
그렇게 끼나 쓸쓸하고 눈물겨웠며
나그네처럼
마음 둘 곳 없이
이리저리로 헤매며
꿈속에서도
그려본 얼굴.
그날

그 골목에서

처음 소녀를 본 날이

다른 모든 생애의 시간을 보상으로 내어줄 만큼

사랑의 죄업罪業이었음을,

그 아픔이 모질게

한세상 끌고 가는 것이있음을,

그때는 몰랐었다.

어디 먼발치로라도

다시 한번 볼 수만 있다면

그날 소년의 마음속에 심긴

베아트리체라는 사랑의 나무 한 그루.

피렌체의 한 골목을 걷다가 돌담 위에 걸린 배너를 보게 되었다. 단테 박물관이었다. 그의 생가를 박물관으로 꾸민 것이었다. 배너 아래에는 역시 돌담 난간 위로 작은 흉상이 놓여 있었다. 자칫 지나쳐버릴 뻔한 건물이었다. 문득 동시대의 '위대한 자'는 로렌초뿐 아니라 단테 알리기에리도 그러했다는 생각이 들었다. 더불어 이 집을 나서서였을까, 하는 생각이 스친다. 열 살의 소년 단테가 저밀리 소녀 베아트리체의 모습을 처음 보았던 그 운명적인 날이 여기를 나섰을 때였을까 싶었다. 베아트리체에 대한 단테의 사랑 이야기는 이제는 거의 신화와 선설이 되어 있다. 하지만 실제로는 그 둘이 손 한 번 잡았다는 기록도 없다. 단테가 처음 보고 심신된 듯 느꼈던 그 강렬한 기억만이 저 홀로 그의 평생을 시로 사위비렸다는 편이 나을 지니다.

  정확히 구 년 후 두번째로 우연히 마주친다. 베아트리체는 미소지으며 먼저 인사했지만 단테는 얼어붙다시피 제대로 응대도 못 했고 그렇게 둘 사이에 다시 만남은 없었다. 그럼에도 단테는 평생 그녀를 잊지 못한다. 다른 여인과 결혼하고 나서도 베아트리체는 여전히 마음의 연인이었던 것이다. 그날 그는 왜 먼저 다가가지 못했을까, 좋아한다는 말 한마디 건네지 못했을까. 후세의 사가들은 단테가 외모에 콤플렉스

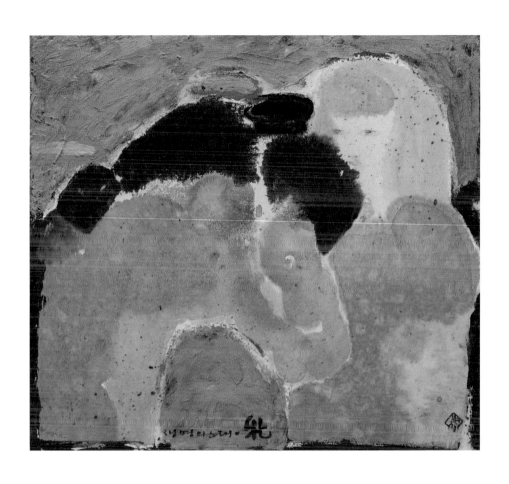

빈(牝)

사랑을 잃은 뒤 더 큰 사랑에 눈을 뜨다.

가 있었으리라고 추정한다. 심한 매부리코에 째진 눈을 한 단테는 사실 잘생긴 외모와는 거리가 멀었다. 오히려 피렌체의 또래 소년들 중에서는 보기 드물게 못생긴 편에 가까웠을 것이다. 그런 점에서는 프랑스 소년 장폴 사르트르도 비슷했다.

열두 살의 사르트르는 한 여자아이를 홀로 좋아했다. 하지만 어느 날 그 곁을 지나갈 때 여자아이가 다른 아이들이 다 들을 만큼 큰 소리로 그의 외모를 비하하며 놀려내는 걸 듣게 된다. 소년 사르트르는 오랫동안 그날의 충격에서 헤어나오지 못한다. 하지만 베아트리체는 결코 그런 식으로 단테를 대한 적이 없었다. 둘 사이에는 아예 대화 자체가 없었다. 그럼에도 열 살에 만난 소녀가 그의 생애를 사로잡아버린 것이다. 무서운 일이다.

이 대목에서 상담의학자인 정신과의사 어빈 얄롬이 떠오른다. 스탠퍼드 의과대학의 교수인 그는 번역서로 분 별거시키기도 하며, 기자 그의 들을 읽으면서 문장에서 광채가 난다고 느낀다. 그만큼이나 글을 잘 쓴다. 특히 '사랑'에 대한 그의 인상적 긴단은 한숨이 나올 만큼 세련하다. 그는 '사랑에 빠지다'는 것을 일종의 '흡수 디바이드'는 체험 시대 같다고 정의한다. 사랑에 빠짐으로써 외로움과 소외와 불안을 순간적으로 덮어버리고 그 내게로 지닌을 잃어버린다고 정의한다.

소년 시절 어느 날 번쩍하며 섬광처럼 부딪힌 사랑의 매직에 훗날 위대한 문인이자 철학자이고 정치가가 되는 단테는 거의 평생을 묶여버린 것이다. 단테는 베아트리체를 실존으로 만나지 않은 상태에서도 그녀의 숨소리와 체온을 느끼고 있었다. 하지만 그 베아트리체는 스물넷에 죽고 만다. 단테의 상실은 컸다. 그녀가 지척에 산다는 것만으로도 위로받았지만 아예 사라져버린 것이다. 그의 『신곡』 3부작 중 가장 절

절한 것은 「지옥」 편이다. 베아트리체의 죽음 이후 그는 더이상은 사랑
의 소망이 자신을 끌고 갈 수 없음을 깨닫는다. 어쩌면 감정 지옥을 경
험했을지도 모른다. 그녀의 상실이 모든 삶, 모든 순간에 작용한다는
모진 사실을 깨달았을 뿐이다. 그렇게 많은 세월이 흐르고 나서야 그는
비로소 사랑의 환상에서 깨어났고, 세계는 확충된다. 이후 단테의 삶의
축은 문학, 신학, 정치 같은 거대 담론으로 옮겨간다.

좀전 우피치미술관에서 만난 단테의 조각상은 그 얼굴이 절벽 같고
밀납 같았다. 조각뿐 아니라 그림에서도 마찬가지 모습이다. 헨리 홀리
데이의 〈베아트리체를 보는 단테〉나 도메니코 디 미켈리노의 《『신곡』
을 들고 있는 단테〉, 들라크루아의 〈단테의 조각배〉에서도 똑같다. 차
갑게 노기 띤 얼굴, 한 줌의 미소도 없는 얼음 같은 표정으로 일관되어
있다. 얄롬은 사랑하는 사람에게 버림받은 한 여인에 대해 "무시무시
하게 몇 달이 흘러갔다. 그녀는 모든 걸 미워했다. 삶은 고문이었다"고
썼다. 단테는 베아트리체가 갑작스럽게 꽃 같은 나이로 세상을 떠난 후
그때까지 홀로 그녀를 연모하며 썼던 시를 모아 『새로운 인생』이라는
제목으로 책을 출간하는데, 이로써 단테와 베아트리체의 사랑 이야기
가 비로소 세상에 드러나게 된다. 『새로운 인생』은 어쩌면 다시는 사랑
에 빠지는 일 없이 살겠다는 스스로의 다짐이자 베아트리체에 대한 별
사別辭였을 것이다.

사랑이라는 독배를 마셔버린 소년. 그는 어쩌 보면 상실한 사랑에 대
한 보상을 스스로에게 요구했던 것처럼 이후 질풍노도의 삶을 산다. 단
테의 경우는 사랑의 상실을 문학과 종교, 정치의 에너지로 변용시키겠
다. 그런 면에서 그에게 상실과 아픔은 위대성으로의 도약을 위한 발판
이 되어준 셈이다. 반대의 경우도 있다. 분노와 좌절이 종종 자살이나

전쟁 같은 파괴적 극단으로 치닫기도 한다. 단테는 문필가로서 득명하는 동시에 정계에 발을 들여놓았고 탁월한 언변과 지성으로 피렌체 행정부 최고 위원 자리에까지 오른다. 그러나 정적들에 의해 기소돼 고향 피렌체를 떠난 후 다시 돌아오지 못하는 부랑浮浪의 삶을 살게 된다. 이십 년 가까이 망명자의 신세로 떠돌아야 했던 것. 이 쓰라린 세월 동안 그는 위대한 서사 문학인 『신곡』을 완성했다. 사랑을 잃은 뒤에 더 크고 깊고 귀대한 사랑에 눈떴던 것이다.

르네상스 문학의 선구자, 단테 알리기에리

단테 알리기에리Durante degli Alighieri(1265~1321)는 피렌체의 작가, 정치가, 사상가다. 본명은 두란테였으나 유아 세례명인 딘테로 불린다. 어린 시절 어머니가 세상을 떠나고 소규모 대금업자였던 아버지마저 그가 18세 때 사망해 일찍 가장이 되었다. 아버지가 사망한 후 단테는 당시 저명한 학자였던 브루네토 라티니의 보호를 받으며 성장한다. 단테는 아홉 살 때 아버지를 따라 저명한 은행가 팔코 포르티나리의 집에 갔다가 그의 딸 베아트리체를 보고 한눈에 반해버린다. 이후 다른 여성과 결혼하지만 베아트리체에 대한 연정을 계속 품는다. 베아트리체를 그리며 쓴 시를 엮은 『새로운 인생』을 펴내고 『신곡』에는 단테를 천국으로 안내히는 인도지로 그녀를 등장시기기까지 한다.

단테는 집필 활동과 더불어 정치 일선에서도 크게 활약해 한때 집권 세력의 중추가 되기도 한다. 하지만 곧 정적들의 의해 뇌물 수수 및 각종 비리 혐의로 기소되어 유죄 선고를 받고 피렌체로 돌아오지 못하고 이곳저곳을 떠돈다.

이십 년 가깝게 망명 생활을 하면서 불후의 명작 『신곡』을 쓴다. 단테는 다시 보지 못할 피렌체에 대한 그리움과 함께 피렌체 정신을 『신곡』에 담는다. 「지옥 편」, 「연옥 편」 「천국 편」 이렇게 3부작으로 구성된 『신곡』을 단테는 토스카니 지방의 언어로 썼다. 라틴어가 아닌 피렌체의 일상어를 사용한 것은 종교인이나 시식인이 아닌 일반인노 널리 읽게끔 하기 위해서였다고 한다. 당시 피렌체를

살아간 실존 인물들과 사건을 배치한 이 작품은 후세 문학인은 물론이고 음악,
미술 등 여러 분야에 걸쳐 지대한 영향을 미친 작품으로 평가받는다.

빛과 색기 속 분면, 민비노

3부

명품,
 성당을
  바라보다

신은 아름다움의 설계자.
재료는 단지 그분의 '말씀'.
황무한 데서 꽃이 피어나고
호명하는 대로 속속
없는 네시 있는 싯들이 생겨났다지.

고도의 집중과 고독이 느껴져.
스스로 만드는 집중과 스스로 평가해야 하는 고독 말이야.
그런데 그 황홀한 창조의 현장을
감탄과 한숨으로 엿보는 사가 있었내.
그에서도 물콘 희미한 형상의 아이디이 깉은 것은 있었지만
만들어진 피조물로서 창조는 그의 영역이 아니었어.
그래서 악마는 프라다를 입고

창조하는 대신 신의 창조물에 옷을 입히기로 했지.

그 옷의 아름다움에 눈이 팔려

자신을 지은 이를 망각하게 만드는 것이야.

어때? 근사한 방법이지?

명품 거리가 한사코 교회당 근처에 서 있기를

원한 까닭이 그것이야.

창조하는 주체와 비슷한 빛을 내고 싶었던 까닭.

—

로마를 떠나 밀라노로 왔다. 밀라노는 빛의 기둥으로 세운 도시 같다. 광장의 한가운데 얼음처럼 서 있는 두오모 대성당 때문일 수도 있겠다. 떠나온 도시를 험담하기는 안 됐지만 그동안 머물렀던 로마는 사실 좀 음산했다. 밤에 걷다보면 콜로세움에서 죽어간 넋의 알갱이가 차디찬 공기에 섞여 부딪혀오는 듯했다. 아마 지나치게 어두운 거리 때문이었을 것이다. 좀더 심하게 말한다면 도시 전체가 낮에는 박물관, 밤에는 무덤이었다. 그에 반해 밀라노는 대책없는 생기와 발랄한 아름다움으로 다가왔다. 밤의 거리 또한 풍성한 빛으로 유감없이 부풀어올랐다. 물론 로마의 밤공기에서 음산한 냉기 같은 것이 느껴졌다면 밀라노의 그것 속에도 반짝이는 허영 같은 것은 있었다. 그러나 일단 환한 빛은 내게 은총이었다. 그만큼 어둑한 로마의 밤거리는 울퉁불퉁한 바닥에 불빛마저 인색하여 불편했다. 하지만 시간 산책자가 되어 걸어본 두 도시는 다른 듯 같게 엇갈리며 기묘하게 만나는 지점이 있었다.

두 도시 모두 문명의 '메멘토 모리' 즉, 모든 시작에 대한 송말을 생각하게 했다. 아무리 장중하고 화려하게 출발한 문명이라 하더라도 결국은 소멸과 죽음이다. 이를 견뎌내려 내세우는 것이 권력이고 아름다움이겠지만 무시미한 시간 앞에는 이 또한 속절없다. 권력을 향한 섬

모자 쓴 여인
순간의 반짝임 속에서 영원을 잠시 꿈꿔본다.

은 순간의 섬광에 지나지 않고 아름다움 또한 흰 눈처럼 소멸한다. 그 덧없음에 대한 도피처가 있긴 한 것일까. 있고말고다. 종교다. 그것은 인간의 시간을 버리고 신의 시간으로 갈아타려는 시도다. 하얀 얼음덩어리로 떠 있는 것 같은 밀라노 대성당 곁에 바짝 붙어선 명품 거리는 그래서 순간의 반짝임을 영원의 빛 속에 스미게 하려는 영리한 시도일 수도 있겠다. 성聖과 속俗의 기막힌 어울림이었으니까.

가끔 누구도 알 리 없는 나만의 여행이 지닌 그 확장성에 홀로 겨워한다. 낯선 지도 위를 걸으면서 차창의 공기처럼 뺨을 때리고 지나가는, 평생토라도 비꾸고 싶지 않은 순간의 느낌들. 고유한 원초적 생명체로서 있는 것 같은 자아의 그것을 둘러싼 행복한 흥분. 세계관과 시야가 넓어지며 알을 깨고 나오는 것 같은 그 황홀과 공포. 그리고 그것을 기록하는 밤과 새벽의 시간들. 힘들게 돌아와 다시 가방을 꾸리는 이유이기도 하다.

낮 동안 눈으로 손으로 쓰다듬었다가 홀로 기록하는 밤 시간의 그 고요한 황홀이라니. 그런데 방정맞게도 대성당이 선 두오모 광장 쪽에서 환한 빛을 토해내는 비토리오 에마누엘레 2세 갤러리 쪽을 바라보다가 로마에서와 같은 음산하고 불길한 한 조각 구름이 떠 있는 것을 본다. 무엇일까. 한사코 아름다움 곁을 떠나지 않고 맴도는 그 그림자 같은 것은. 머릿속으로 오래전 패션 이론가 넬리 여사의 초청 강연에서 들은 한 구절이 지나간다. 세상의 모든 아름다움은 밀라노에서부터 길을 나선다. 더 좁게 말한다면 밀라노 직물 시장에서. 그 위로 내가 수선사를 썼던 밀고 그 무게가 글도 지나간다. '지나치 아름다움을 경계하라, 욕망 곁에는 늘 죽음이 있다.'

몇 날 전 방정 니들리 스갓 십북이 오랜만에 새고 민든 영희리 형제를 모은 〈하우스 오브 구찌〉의 소개글과 짧은 영상 역시 함께 떠오른다. 이탈리아의 가죽 장인으로 출발하여 패션 제국을 일으킨 구찌가에서 어느 날 들려온 한 발의 총성. 그것은 구찌의 후계자 마우리치오의 이혼한 아내 파트리치아가 전남편을 향해 발사한 총에서 난 소리였다. 리들리 스콧의 〈글래디에이터〉로 아카데미상을 받은 의상디자이너 잔 티 에이츠는 이 영화에서도 '색채와 죽음'의 메타포를 보여준다. 〈글래디에이터〉의 우중충한 암갈색이 '로마'의 색이었다면 〈하우스 오브 구찌〉의 선혈 같은 붉은색은 밀라노를 상징하는 색이라고 할 만했다. 각각 장엄과 황홀을 연출한 두 색은 역시나 허부와 숙음의 교차로에서 만난다는 점에서 어김없다. 그런 점에서 마우리치오의 맞춤 슈트와 코모두스 황제의 자줏빛 벨벳 망토는 절묘하게 맞는다.

두오모 광장에서 명품 거리를 바라보자니 연이어 다른 다큐멘터리 영화 하나가 떠오른다. 또다른 패션 왕조 지아니 베르사체에 관한 것. 이탈리아의 화려한 예술과 건축과 역사를 현대 패션으로 부활시킨 베르사체의 로고는 '메두사의 머리'다. 회기 기리비교는 같은 제목으로 수십 마리의 뱀이 한 남자의 머리를 감고 있는 강렬한 그림을 남겼는데 베르사체는 그 신화 속 괴물을 패션의 로고로 썼다. 악마는 프라다를 입었을 뿐 아니라 베르사체에도 악수하 세이었디 기는 히페니 회후가 되고 싶은 사람들에게 극한 화려함을 보여주는 황금빛 옷을 입혔고 거기에 메두사 로고를 왕관처럼 씌워주었다. 어릴 때 집 근처 유적지에서 여동생과 놀다가 우연히 보았다는 그 형상의 악마적 탐미성에 평생을 사로잡힌 셈이다. 밀라노에서 처음 그 재능을 선보이며 이탈리아를 패션 종주국에 확고하게 올려놓았던 베르사체 역시 1997년 아침 마이애미의 자택 앞에서 앤드루 커내넌이라는 청년에게 저격당해 죽는다. 역시 극한의 아름다움 곁에는 죽음의 그림자가 어른거리고 있었던 것이다.

어쨌거나 밀라노는 누가 뭐래도 세계 패션의 탯자리다. 파리나 뉴욕 패션을 역으로 거슬러올라가면 밀라노에서 만나게 되어 있다. 패션은 아름다움의 꽃이나. 이 작은 도시는 어떻게 그 꽃을 만발하게 피워내 세계로 내보낸 걸까. 그 답을 베르사체가 했던 것처럼 고전과 역사의 상상력 속에서 찾는다. 베르사체가 메두사 머리에서 창조적 발상을 얻었듯이 밀라노 패션은 밀라노 대성당과 레오나르도 다빈치, 코르소 마센타의 유서 깊은 거리, 산타마리아 델레 그라치에 성당과 거장들의 그림에서 영감을 끌어내었다. 예컨대 '역사는 저멀리, 나는 여기 홀로'가 아닌, 과거와 현재가 하나의 줄로 엮이며 미래를 바라보는 것이다. 나는 누구이고 어디에서 왔으며 어디로 가야 할지를 가늠하는 것이다. 이탈리아 디자이너들은 만난 적 없는 '그들'이 걸친 치렁치렁한 의상과 장신구에서 문화와 예술과 권력과 돈을 본 것이다. 그런 면에서 유독 밀라노에서 과거는, 멈춰버린 것이 아니라 미래로 가는 징검징이었다. 이쯤에서 알게 된다. 밀라노 대성당이 왜 한적한 곳이 아닌 명품 거리에 위치하는 것인지, 아니 왜 번쩍이는 광휘의 패션 거리가 한사코 고요하고 장엄한 성소^{聖所} 곁을 고집하는지. 사라진 옛 밀라노의 한 조각이 오늘 내가 서 있는 땅과 퍼즐처럼 맞춰지는 순간이었다.

명품 브랜드의 본산을 찾아서

세계적인 명품 브랜드의 본산인 밀라노는 두오모 광장 근처 백화점을 중심으로 다양한 명품 매장이 즐비하나. 밀라노 인근에 위치한 플라토와 코모가 특히 패션으로 유명하다. 플라도는 공식적으로는 오만여 명 비공식적으로는 삼십여만 명의 중국인이 거주중인 도시인데 값싼 인력을 앞세워 현재는 중국 상권이 이곳을 장악했단다. 이 때문에 팬데믹 시기에는 유독 플라도와 밀라노에서 코로나가 급속히 번졌다고도 한다 전통적으로 섬유 회사들이 많이 자리한 플라토는 밀라노의 명품 매장과도 연결된다.

이때 밀라노에서 한 시간 진는 시내빈, 스위스 국경에 인접한 북구 호수 미블 코모는 고대 로마시대 이래 귀족이나 부유층이 휴양지로도 유명한 도시다. 이곳에서 매년 베르사체와 페라가모 패션쇼가 열린다. 그뿐 아니라 실크 산업도 발달해 샤넬, 베르베르, 게, 등의 밑부 제품이 여기서 생산된다. 이러한 기반을 토대로 밀라노의 패션 산업은 전 세계로 뻗어간 셈이다.

어머니,
　이제는 내 나라로
　　가야 할 시간입니다

여자여, 나의 어머니여,

이제는 나의 나라로 가야 할 시간입니다.

내 어렸을 적

안겼던 그 품에

세상의 내 마지막 육신을 내려주소서.

이제 당신의 무릎은 여위었고

가슴 또한 눈물로 메말랐지만

잠시 다녀가는 이 세상

그 품에서 따뜻했던 기억의 언저리를 내어주소서.

사람의 아픔과 슬픔,

고통과 상처들

나는 당신의 무릎을 베고 누워 배웠습니다.

이제 내가 떠나왔던

나라까지

그 아픔과 슬픔의 기억을

안고 가려 합니다.

해는 빛을 잃고

천지에 덮힌 어둠.

하지만 당신의 아들우

니씨 그릴 없는 나나로 불아가는 싯이니

슬퍼하지 마세요, 여자여,

여인 중에 복된

나의 어머니여.

미켈란젤로의 피에다 3부작 중 미지막 미완성 피에타 앞에 선다. 자품이 신시되어 있는 밀라노의 스포르제스코성은 지금까지의 화려함을 구한 성냥이나 비늘판, 빅늘판에 비해 무채색의 느낌으로 니가온니. 벌난 장식도 없고 다분히 금욕적이다. 마치 오래된 목조주택처럼 세워진 학교 같은 이곳이 왠지 편안하다. 그런데 창녀 마리아의 남루한 조각상을 지나 미완성 피에타 앞에 섰을 때 갑자기 눈시울이 뜨거워졌다. 예기치 않게 춤추는 이 감정의 변주는 무엇일까. 그 수많은 걸작을 지나 왜 히필 이 미완성 피에타 앞에서 울컥한 것일까. 스물네 살의 청년이 만든, 그 숨막힐 듯한 기교와 완믹한 구노를 보여주는 산피에드로 대성당 피에타에서 못 느꼈던 그런 감정을 말이다. (하긴 산피에트로 대성당의 피에타는 겹겹이 쌓인 관람객들 때문에, 그리고 다음 작품으로 이동해야 하는 까닭에 그 아우라를 음미할 겨를이 없긴 했다.)

그것은 어쩌면 미완성 피에타와 겹쳐서 곤고하게 생활한 미켈란젤로의 생애가 순간적으로 떠올랐기 때문이 아니었을까 싶다. 세상을 떠나기 나흘 전까지 그는 이 작업에 매달렸다고 한다. 지상을 떠날 시간이 임박했음에도 그는 차마 끌과 마치를 놓을 수 없었던 모양이었다. 어쩌면 피에타를 완성해야만 한다는 질박감을 안고 생애의 마시막 나날을

애통도
언젠가 찾아올 그 끝을 기억하라.

살아갔을 수도 있을 것이다. 일평생 여인의 따뜻한 손길 한 번 체험하지 못한 채 끌과 망치가 아내요 자식이었던 삶이었다. 그 미완성 피에타 앞에서 내게 주어진 시간도 함께 생각했던 것 같다. 나의 날은 얼마나 남은 것일까.

『성경』은 우리에게 "날을 계수(계산)하는 지혜를 가지라"고 말한다. 우리에게 빌려준 시간이 차면 그 주인이 다시 찾으러 오리라는 것이다. 그 시간이 되면 하던 일을 미완성인 채로 남겨두고 자리에서 일어서야 한다. 그래서 사제들은 메멘토 모리, 죽음을 기억하라며 헤어질 때 인사를 나누었을 것이다. 끝을 기억하라. 우리 모두는 무언가를 하시만 결국에는 미완성으로 남겨논 채 이 생을 끝마칠 것이라는 의미.

전기 작가 로맹 롤랑은 『미켈란젤로의 생애』에서 그를 일종의 '일중독자'로 묘사한다. 동시에 어떤 사제들보다도 더 많이 금식하고 기도했던 사람으로 그린다. 과거의 어느 누구도 할 수 없었던 일을 뼈가 부서지도록 해야 하며 밤이나 낮이나 일 말고 다른 것은 생각도 못 하며 살아간 미켈란젤로. 저자는 그가 종종 침식의 시간마저 잃어버릴 정도로 죄수같이 살았다고 썼다. 심지어 옷을 벗고 신발을 신는 제 살을 생소였다. 좋은 대리석을 보면 일 욕심 때문에 우선 계약부터 해놓았다가 못 지키기 일쑤였고 돌산 전체를 조각하고 싶다고 하는가 하면 교회고 궁궐이고 자신이 다 할 수 있다고까지 말했단다.

어떤 편지에서는 지난 12년 동안 피로에 지쳐 식사도 제대로 못 했고 여러 괴로움에 시달렸으며 비참하다고 썼다. 일종의 조울상태가 계속되었던 것 같다. 일을 하나가 마른 빵 한두 조각에 와인 한 잔 정도를 먹는 게 그의 식사였다는데 놀랍게도 이런 빈약한 영양상태와 병약한 몸으로 초인적인 작품량을 소화해냈으니 실로 불가사의한 일이다. 그림과 조각과 건축 그리고 삼백여 편에 이르는 시까지 그는 그야말로 르네상스적 전방위 예술가였다. 그러나 이 불세출의 천재는 조각가나 예술가로 불리는 것을 끔찍이 싫어했다고 한다. "나는 조각가 미켈란젤로가 아니다. 어디까지나 미켈란젤로 부오나로티일 뿐이다"라고 말하곤 했는데 이는 자신이 하고 있는 조각이나 회화의 위상이 가문의 그것만 못하다는 생각 때문이었다. 동시에 그의 시신은 "나는 비참하다" "나는 미쳤다" "모두 나의 죽음을 바란다" "나는 세월에게 버림받아 있다"는 식의 내용으로 시종하는데 신경증과 광기와 강박 그 위에 작업에 대한 과도한 열정으로 종종 자신을 극한까지 몰고 간 것이다. 미켈란젤로야말로 숨음으로 어머니의 품에 안긴 예수처럼 마지막 피에타를 완성하지 못한 채 손에서 망치를 툭 떨어뜨림으로써 비로소 안식과 평안으로 들어간 것이다.

디 일찍이 미술사학자이자 기획자인 무라ㅇ 시ㄴㅇ는 '수십 년, 백 년 후에도 불멸의 작품으로 남아 있을지는 후대가 결정할 뿐'이라고 말했다. 미켈란젤로는 일평생 ㅇ가쁘게 돌을 깎ㅇ, 때ㅇ ㅇ녀 사신마ㅇ 체험하는 실패와 성공의 뒤안길에서 놀라운 집중과 정신력으로 걸작들을 만들어내었다. 날마다 자기만의 지하로 내려가서 끌과 망치를 들면서 저 스프레차투라ㅇ까ㅇ 즉 무심히 ㅇ ㅇ 속에 ㅇㅇ들을 위배시킨 것이다. 그가 후대의 평가에 집착했다는 기록이나 흔적은 어디에도 없다. 니체는 번갯불을 일으키려는 자는 반드시 구름으로 오래 머물러 있어야 한다고 말했다. 미켈란젤로야말로 폭풍과 고요의 구름 속에 오래 머물러서 섬광과 불빛을 일으킨 사람이었다.

미켈란젤로의 피에타 삼 부작

피에타란 이탈리아어로 '연민'이나 '자비'를 뜻하는데 죽은 그리스도를 안은 성모마리아를 표현한 예술작품을 지칭하는 말로 쓰인다. 여러 작품 중 미켈란젤로의 피에타상이 가장 유명하다.

걸작 중의 걸작. 피에타 연작의 첫 작품은 미켈란젤로가 1499년 스물네 살의 나이로 완성한 것이었다. 피렌체의 애송이었던 미켈란젤로는 이 첫 피에타로 바티칸에서 일약 정상급 조각가로 대접받는다. 십자가에서 숨진 채 내려진 예수. 축 늘어진 모습으로 그 모친 마리아의 품에 안긴 모습을 대리석으로 완벽한 구도와 기법으로 형상화했다. 마리아의 얼굴이 지나치게 젊다며 논란이 되기도 했다. 이 작품은 바티칸의 산피에트로 대성당에 소장되어 있는데 한 관람객이 망치를 휘둘러 손상시켜 현재는 유리로 보호되어 있다.

두번째 피에타는 칠순을 넘긴 1547~1555년 사이에 제작했다고 알려진 '반디니 피에타'다. 이 작품은 피렌체 두오모 박물관에 소장돼 있는데 예수의 고통을 가장 극대화한 작품으로 알려져 있다. 모친의 무릎 위에서 축 늘어진 형상이던 전작과 달리 경직된 몸을 장정 세 사람이 떠받친 수직 구도로 구성되어 있다. 중심 인물도 마리아가 아닌 니고데모로 알려져 있는데 특이한 점은 예수 뒤에 자리한 이 니고데모의 얼굴이 미켈란젤로 자신의 얼굴이라는 사실이다. 미학적이고 조형적인 효과를 극대화한 이십대 때의 첫 피에타에 비해 예수의 고통을 자신의 그것과 동일시하려는 의도로 보인다.

마지막 작품인 '론다니니 피에타'는 원래 로마의 론다니니궁에 있었으나 현재는 밀라노의 스포르체스코성에 소장되어 있다. 임박한 죽음을 예감한 듯, 드라마틱한 구도나 기교가 아닌 무심한, 그러면서도 편안한 형상으로 구성되어 있다. 미켈란젤로는 임종 나흘 전까지 이 작품에 매달려 있었다고 전해진다.

레오나르도
다빈치의
기도

오늘 당신은 제게

이곳에 머무르라 하셨습니다.

아침에는 햇빛 뒤에서 말씀하셨고

저녁에는 구름 뒤에서 저를 부르셨습니다.

당신께서

내일 다시 제 행로를 바꾸라 하신다면

저는 기꺼이 붓을 놓고

바람같이 또 길을 나설 것입니다.

하지만 너무 많이

제 인생의 길을 바꾸라 하신다면

저는 감당하기 어렵습니다.

사람들은 당신께서 제게 온갖 재능을

부어주셨다고 부러워하지만

제가 그 주신 재능들로 받는 고통은
알지 못합니다.
때때로 당신께서 부어주신 그
재능들 중에 하나도 제대로 살리지 못한 채
어느 날 주신 것 모두를 다시 거두어들이실지
저는 두렵습니다.

그러니 신이시여.
천 가지 의무에 사로잡혀
나 하루도 평안하게 쉬지 못한
제 영혼을 불쌍히 여기소서.
그때니 세상에 피를 너무 소개두시지 마시고
부디 당신의 고귀함과 평안 속에
이제 그만 깃들게 하여주옵소서

―

오늘은 〈최후의 만찬〉을 찾아 산타마리아 델레 그라치에 성당으로 간다. 날은 쾌청하고 햇살은 산시럽다. 저 유명한 스칼라 극장의 모퉁이를 돌아서면서 문득 고개를 드는데 높이 서서 내 쪽을 바라보는 인물이 있다. 시간 속에 사라져버린 레오나르도 다빈치다. 그가 작은 도심공원에서 실감나게 돌사람으로 서 있다. 수도자 같은 헐렁한 옷차림을 하고 비니 스타일의 모자를 썼는데, 그 아래로는 호위무사처럼 에워싼 젊은 미술가들의 조각상이 있다.

마치 오쇼 라즈니시 같은 그 모습을 오래도록 올려다본다. 내면의 고요와 평화가 흘러나오는 하얀 조각상이 거리를 오가는 사람들에게 부드럽게 미소짓는 것 같다. 그 경이로운 인물을 올려보고 있자니 그의 시대와 연결되는 느낌이다. 거인의 어깨 위로 지나가는 바람이 내 볼 또한 스치고 간다. 생각해보면 저 불가사의한 인물이 나보다 앞서서 이 행성, 이 도시에서 살다 갔다는 것은 흥분되는 일이다.

불현듯 레오나르도 다빈치가 높은 단 위에서 내려와 제자들에게 둘러싸여서 정담을 나누는 상상을 해본다. 그 관용의 사람은 내 무언의 요청에 눈길로 화답한다. 그는 천천히 돌 위에서 내려와서 둘러선 제자들 사이에 선다. 나 또한 그들 사이에 서서 그들의 대화를 엿듣기료 한다. 멋진 일이 아닌가.

　제자 중 하나가 묻는다. 언제 로마로 갈 것이냐고. 로마는 지금 미켈
란젤로와 라파엘로가 접수했다는 소문이 파다하다고. 밤낮없이 미켈란
젤로의 망치 소리가 로마를 쾅쾅 두드린다는데 선생님은 이 별 볼 일
없다는 도시에서 언제까지 한가하게 산책이나 하며 지내실 거냐고. 스
승은 부드러운 눈길로 제자를 바라보며 말한다. 이 사람아, 이 도시가
별 볼 일 없다는 말일랑 하지 말게. 이토록 아름답고 우아한 이 빌라노
에 대한 모독일세. 나는 이곳의 바람과 공기까지 사랑한다네.

　다른 제자가 묻는다. 교황께서는 언제 선생님을 부르시는 건가요. 그
분의 부름이 있다면 저희도 당장 선생님과 함께 로마로 갈 수 있을 텐
데요. 로마, 나는 사실 로마도 교황청도 마땅찮다네. 한사코 후배들과
경쟁 구도로 몰아넣으려는 그 분위기가 싫어. 대리석의 냄새를 풍해내
는 로마에는 도무지 따뜻함이라 기는 없다는 말일세

　　세지만　　뜨ᅳ 깨서나 빨리다 미켈란젤로는 이제 깨달을 거라며
석산의 실 놓은 내려서늘 노마노 운신에있겁니다. 그는 민가에 비가요
만늘 하생에 놀바고 있고요. 그 시간은 자시가 최고리고 외지고 싶은
것 같아요. 스승은 자애로운 눈길로 말한다. 자기 이름을 내리려는 교황
의 욕망은 한이 없고. 미켈란젤로가 열심히 일하는 건 좋은 것이지. 그
러나 미친듯 돌만 쪼아대는 그와 나는 다른 길을 가고 있다네. 그는 한
사코 돌을 쪼아서 영원으로 가는 다리를 놓으려 하는데 그건 어림없는
일이야. 게다가 그 과도한 열정이 문제야. 조절하지 않으면 그 몸까지
상할걸세. 하긴 이미 허리는 굽고 다리까지 절며 노인처럼 됐지만 말일
세. 그는 싸우듯 조각을 해. 마치 열병을 앓는 것 같지. 나는 그러고 싶
지 않네.

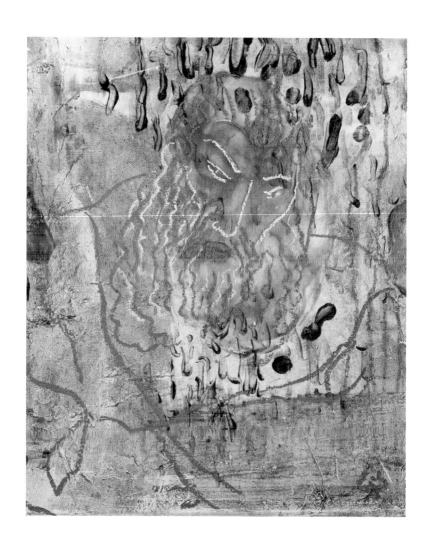

레오나르도 다빈치 초상

세에게 너무나 많은 재능을 빌은 레오나르도 다빈치.

하지만 미켈란젤로의 다비드상을 본 이들은 모두 감탄했습니다. 교황이 그에게 장차 시스티나 예배당의 천장화까지 맡기려 한다는 소문이 파다하고요. 조각은 몰라도 그림이라면 선생님 아닙니까. 그 친구 얘긴 그만하게. 그는 그저 자고 나면 돌만 쪼아댈 뿐이지. 그가 단테를 알겠는가. (알고말고다. 미켈란젤로는 단테를 존경했고 단테 또한 그의 천재성을 인정했다. 두 사람은 교유했다.)

다른 제자가 볼멘소리로 말한다. 사람들은 선생님을 종잡을 수 없다고들 말합니다, 이젠 바다 밑을 가는 배와 하늘을 나는 새까지 만들려든다고요. 몽상가라고 손가락질하면서 말입니다. 그뿐 아닙니다. 요새는 요리에까지 관심을 쏟는다고 여기네는도 수군대더군요, 저희는 걱정이랍니다. 재능을 너무 분산시키시는 게 아닌가 하고요. 사실 폭약이며 집짐차에까지 손대신 것은 너무하신 일이 아닌지요.

하지만 베소니르도는 여전히 평정심과 자애로움을 잃지 않고 말한다. 이보게들, 그는 이제 삶을 새 방식으로 사랑한다네, 우리 발아래에서의 이 고요하고 평파고난 삶이 밤 기슭기 낯이면을 비탈 빠져나가네. 하지만 너무 세차가 다시 복매소리로 말한다 하며 라파엘로까지 치고 올라오는 판인데 고요한 삶이라니요. 그것은 늙은 사제나 바라는 삶이에요. 선생님은 불후의 명작을 남기셔야 합니다. 베소니르도 다빈치는 그윽하게 그를 바라본다. 나 또한 이제는 노인일세. 끓어 넘쳐 주체 못 하던 열정은 이미 나를 떠나가고 있어. 밤이면 허리를 빠져나가는 바람 소리가 들린다니까. 거기다가…… 세상에 불후의 명작 같은 것은 없다네. 창조주께서는 이미 그 손가락으로 하늘 가득 별을 만드시고 해와 달을 만드셨지 않는가. 우리가 여기서 한 치나 더 나아갈 수 있겠는가.

지금 하고 계신 〈최후의 만찬〉은 어떤가요. 그 그림 말인가? 그것은 그저 산타마리아 델레 그라치에의 사제와 수녀님을 위해 그리고 있을 뿐이네. 그 가난하고 작은 성당을 위한 봉헌인 셈이야. 애초부터 불후의 명작을 만들겠다는 욕심 같은 건 없이 시작했다네. 하지만…… 제자들은 끈질기다. 저희는 먼 훗날 그 그림을 보기 위해 동서남북에서 사람들이 몰려올 수도 있을 것이라는 예감이 듭니다. (맞다, 실제로 오랜 세월이 흘러 나 또한 먼 동쪽으로부터 그 그림을 보기 위해 여기까지 오지 않았는가.) 그 그림으로 말한다면…… 사실 나 자신을 생각하며 그린 것이기도 하다네. 이느 날 내 곁에 수님을 모시고 그렇게 만찬을 들고 떠나다는 생각을 가지고 말일세. 그 그림의 제자 중 하나를 나로 생각하며 그렸지. 방탕했던 삶을 그 마지막 식탁에 내려놓고 싶었다네.

저희들은 선생님의 빛나는 재능을 알고 있습니다. 부디 남은 시간만큼은 그림에 좀 몰두해주셨으면 합니다. 세상 사람들은 선생님을 과학자, 음악가, 철학자, 건축가로 알고 있습니다. 물론 아주 극소수는 그림과 조각 쪽에두 재능을 가진 분이라는 사실을 알고는 있겠지요. 그러나 저희는 선생님의 그림 재능이 열번째 재능이 아니라 첫번째 목록에 오르기를 소망합니다. 그러니 부디 루도비코 스포르차 씨에게 보낸 이력서에 선생님을 군사기술자로 소개하거나 그림이나 조각도 좀 할 줄 안다는 식으로는 쓰지 말아주세요. 선생님이 그이에게 잘할 수 있는 열번째 분야로 말씀하신 화가와 조각가로서의 재능이 후세에는 맨 위로 올라올지 누가 알겠습니까. (그렇나. 오늘날 나빈치를 화가 아닌 대포와 장갑차와 잠수함 설계지로 기억하는 이는 없다. 디디고다나 음악가나 요리 연구가, 건축가, 교량 설계사, 해부학사, 철학사로 떠올리시는 않는다.)

제자가 예언했던 대로 여러 목록을 제치고 그는 이제 불세출의 화가로 기억된다. 특히 〈최후의 만찬〉을 그린 불멸의 화가로.

자, 이제 그 그림이 있는 쪽으로 발걸음을 옮겨보자.

만능인 레오나르도 다빈치

"그 밖에도 저는 그림 그리는 일이니 조각에도 재능이 있습니다."

밀라노의 루도비코 스포르차 공작에게 보낸 자기소개서를 레오나르도 다빈치는 이렇게 마무리한다. 이동식 교량, 공성 병기, 투석기, 소음 없이 침투용 땅굴을 파는 장치, 장갑차 등 자신이 개발한 무기와 군용 장비를 소개하고 마지막 열번째 항목에야 화가와 조각가로서의 재능을 집어넣는다. (무기 제작과 디자인에 골몰하긴 했지만 이는 연구의 결과물이었을 뿐 그는 전쟁을 혐오했고 오히려 평화수의자에 가까웠다.)

이 불세출의 천재는 공학자, 해부학자, 문학가, 조경학자, 지질학자, 식물학자, 역사학자, 도시계획자, 수학자, 요리 연구가, 음악가 등 요즘으로 말하면 'N잡러'라 이를 정도로 다채로운 분야에서 활약했다. 심지어는 잠수함 구상도와 헬리콥터 설계를 진행할 정도로 시대를 앞서간 모습을 보인다.

혼외자로 태어나 공식 교육을 받지 못했던 레오나르도 다빈치는 열네 살에 고향 빈치를 떠나 피렌체로 가서 예술가이자 조각가인 안드레아 델 베로키오에게 고용되었다. 그리고 그의 도제로서 공방에서 다양한 기법을 습득하며 예술가로 재능을 키워간다. 이후 다빈치는 밀라노, 로마, 베네치아 등지에서 직업을 이어갔고, 마지막에는 프랑스에 있는 자신의 저택에서 숨을 거둔다.

<모나리자>를 비롯해서 <최후의 만찬> <암굴의 성모> <흰 담비를 안은 귀부인> 등 다양한 회화 작품을 남긴 그는 수학적인 비례를 적용한 원근법이 아니라 안개처럼 흐릿하게 표현하여 거리감을 나타내는 스푸마토 기법을 고안해낸다. 이를 회화 작업에 적용하여 자연과 인간이 미묘하게 조화되는 환상적 화풍을 이룩하였다. 한편 그의 작품 중 1500년경에 그린 것으로 추정되는 예수의 초상화 <살바토르 문디>가 2017년 11월 4억 5000만 달러에 경매로 팔리면서 화제를 모았다. 한화로 약 5000억 원이 넘는 이 그림은 위작 논란에 휩싸여 레오나르도 다빈치의 이름은 지금도 불멸의 존재처럼 오르내린다.

밀라노의 레오나르도 다빈치의 동상 아래에서.

피와
　살의
　　식사

자, 이제는 땅에서 나와 함께하는
마지막 식탁이다.
곧 폭풍우가 몰려오고
해는 빛을 잃겠지만
지금만은
기쁨으로 식사하자.
빛의 문들도 닫히고
짐승의 시간이 달려온다 할지라도
골고다 앞에서도
나의 평안은 결코 흔들리시 않으려니.
샬롬,
그대들 또한 나와 함께 평안의 수저
들 수 있기를

또다른 생에서 함께하기 전까지는.

자,

이제는 땅에서 하는 마지막 식사.

어서 와서 기쁨의 만찬을 나누자.

슬픔은 내일의 일.

고통의 노래 또한 내일의 일.

우늠바은 나누사

기쁨의 만찬.

택시는 나를 남부 이달리아의 소도시쯤 생각되는 곳에 내려준다. 똑같은 밀라노인데 에마누엘레 2세 명품 갤러리가 있는 쪽과는 분위기가 달라도 너무 다르다. 조금 전까지 눈앞에 펼쳐지던 시내 도시는 썰물처럼 사라지고 산속에 들어앉아 있는 듯한 고요한 마을 하나가 나타난 것이다. '이 작은 읍 같은 곳에 〈최후의 만찬〉이?' 싶었는데 여행자처럼 보이는 사람들이 여기저기 지나간다. 아마 나처럼 그 그림을 찾아온 길일 것이다. 오직 오래된 그림 하나를 위해 수고를 마다하지 않고 찾아온 사람들. 마치 멀리 사는 지인을 만나러 오는 것처럼 정겹지 않은가 싶다. 더구나 그 그림은 미술관이 아닌 성당 벽에 그려져 있다. 사실 한 공간 안에 몰아넣은 무더기 그림을 싫증나도록 보아야 하는 상황은 고역이다. 어떤 면에서는 작품에 대한 모독이다.

늙은 수녀가 주인인 기념품 가게를 거쳐 빙빙 돌다가 드디어 티켓을 받고 두근대는 마음으로 〈최후의 만찬〉 앞에 모여든 사람들 속에 섞여 선다. 그런데 그림은 그 크기가 예상 못 할 만큼의 대작이다. 사실 하도 인쇄물이나 화집에서 많이 본 그림이어서 그 실제 크기에 대해서는 무심했는데 놀랍게도 벽 하나를 가득 채우고 있다. 더구나 캔버스와는 그 느낌이 사뭇 다르다. 벽이 그림이 되어 나가오며 막을 걸어 오는 느낌이다. 분명 식사하는 자리인데 비장하고 거룩하고 우아하고 슬프다. 여러 차례의 수복과정을 거쳐 색채와 형상은 이제 거의 원모습을 되찾은 듯했다.

너무도 익숙해진 그 최후며, 만찬이라는 표현이 좀 불편해진다. 우리네 식으로 말한다면 만찬이란 한 상 그득히 먹는 일이다. 그러나 식탁은 지나칠 정도로 조촐하다. 마른 빵에 포도주가 전부. 스승은 그마니 없어서 무리다 미야 사용하나 마지막 식사 그냥 '마지막 미사사'라고 하는 편이 그림과 어울린다는 생각이 든다. 이별의 저녁 식탁에 〈최후의 만찬〉이라는 거창한 제목을 붙인 것은 이태도 일본에도 믿어되는 과정을 거쳤기 때문이 아닐까 추정해본다.

예수께서는 저 마지막 지상의 양식을 통해 천국의 메시지를 전하고 계셨다. 이제 나를 육신으로는 더이상 보지 못하리라는 메시였고 그러나 볼 수 없더라도 나는 존재한다는 예표였다. 부활 후 디베랴 바닷가에서 이루어진 일도 역시 간략하기는 했지만 함께 식사하기였다. 그러고 보면 모든 '함께 먹는 일'은 그 자체가 의식이다. 우리는 흔히 "언제 식사나 한번" 식으로 가볍게 이야기한다. 하지만 어느 날 문득 그 일상처럼 하던 식사가 불가능해지는 때가 오리라는 사실은 잊고 산다. 예전에 그 제목 드디어 붙은 한 권의 책이 생각나니, 『내 생의 마지막 저녁식사』.

그 책에 대해 언젠가 한 지면에 대충 아래와 같은 서평을 쓴 적이 있다.

『내 생의 마지막 저녁식사』는 '등대의 불빛'이라는 이름으로 불리는 독일 함부르크의 한 호스피스동의 요리사 루프레히트 슈미트에 대한 다큐 형식의 기록이다. 그는 모든 요리사가 꿈꾸는 일류 호텔 주방장 자리를 나와 이 호스티스동에서 최고의 요리를 선보이는데 생의 마지막 촛불이 깜박거리는 임종 환자들의 처소인 그곳에서 정성을 다해 그들 한 사람 한 사람의 주문을 받아 마지막 만찬을 준비한다.

임종을 앞둔 이들의 '먹는다'는 행위는 건강했던 시절의 그것과는 비교할 수 없는 전혀 다른 차원의 일이다. 때로는 주문을 받아 정성껏 준비한 음식을 가져가면 이미 죽음의 길로 떠난 이들도 있고, 막상 입에 넣어도 한 숟갈도 못 뜨는 섭부가 허다하다. 그럼에도 요리사 루프레히트는 그야말로 하나의 순교 의식처럼 혼신을 다해 그들 사자의 마지막 식사를 준비한다.

요리사가 "어떤 음식을 드시고 싶으세요?" 하고 물을 때 병상의 환자는 짧은 순간에 지나온 삶의 수많은 장면을 반추한다. 음식과 함께 떠오르는 생의 그 아름답고 빛나는 순간들을 상상한다. 마지막 식사는 그래서 지상의 일생을 축약하는 일이 된다.

좋아하는 음식을 사랑하는 사람들과 나누었던 그 영롱한 순간의 기억을 되살리며 그대로 스르르 눈을 감는다. 먹고 싶은 음식을 떠올리면서 돌아갈 수 없는 그 시절로 되돌아간 듯 희미한 미소 속에 눈을 감는 것이다. 결국 호스피스동의 임종 환자들이 맛보고 싶은 것은 사버린 시간과 그 기억임을 요리사는 알게 된다.

그 흘러가버린 시간 속에 녹아 있는 사랑과 우정과 그리움을 되살려주기 위하여 그는 임종 환자가 입술을 달싹여 주문한 음식을 그도 곧 싱싱를 다해 만드는 셈이나, 벅시 못하다라는 사실은 그는 알고 있었다. 사랑하는 이들과의 식사는 그저 함께 밥을 먹는다는 이상의

생명의 노래
흘러가버린 시간 속의 사랑과 우정과 그리움.

의미를 지닌다. 그것은 추억을 먹고 사랑을 먹고 우정을 먹으며 시간을 함께 먹는 일이다.

예수께서는 죽음을 앞두고 다른 무엇보다 제자들과의 한 끼 저녁식사를 챙기신 것이다. 이별을 앞두고 행해지는 저 마지막 만찬은 그래서 식사라기보다는 예배였다. 진실로 마지막 저녁식사는 지상에서 스승과 마지막으로 드리는 죽음의 제사였다.

여러 번의 복원을 거쳤기 때문에 그림이 얼마만큼이나 원작의 느낌을 그대로 보여주는지는 가늠하기 어렵다. 그러나 스승을 가운데 두고 좌우로 앉은 인물마다 그 성격이 그대로 드러난다. 다중 인물의 성격을 드러낸다는 것은 결코 쉬운 일이 아니다. 이 그림의 뛰어난 점은 무엇보다 화가가 한 사람 한 사람의 성품을 특정하며 불러냈다는 점이다. 그런 면에서 식탁이나 식기 혹은 식사 자체도 이 작품에서는 무대장치를 위한 소품일 뿐이다. 자, 장차 스승에게는 무슨 일이 일어날 것인가. 스승은 왜 빵은 자기의 몸이요 포도주는 자기의 피라는 끔찍한 말을 하는 것일까. 지기지 기는 길은 따라오지 못할 것이라는 말은 무슨 뜻에서 하며 그 간다는 곳은 또 어디인가. 그가 떠난다면 모두 다 버려두고 대책없이 그를 따르던 우리는 어찌될 것인가. 이러한 불안과 분노와 안타까움과 의심이 식탁을 중심으로 안개처럼 피어오른다.

어쨌거나 성당을 떠나오면서 결심 하나를 하게 된다. 결단코 앞으로 대충 때우는 식사는 하지 않으리라. 거하게 때려먹겠다는 의미가 아니다, 매일의 양식을 매일의 의식을 치르듯 그렇게 먹어보리라는 결심. 함께 먹는 이의 눈도 바라보며 주의깊은 대화를 나누며 먹어보리라는 것이다. 예수는 일용할 하루치 양식을 통해 하루의 삶을 먹으라고 권했다. 그렇다. 누구나 식사를 통해 자신만의 삶을 먹는다. 레오나르도 다 빈치의 그림은 그 메시지를 충실히 전해주었다. 우리에게는 시간이 많이 남아 있지 않다. 삶의 매 순간이 풍부한 햇빛으로 빛나지는 않을 것이다. 누구라도 언젠가는 황량한 어둠과 이리의 격렬한 울부짖음이 있는 골고다로 가야 할 수도 있다. 그러니 지금 함께하는 이 식사를 기쁨으로 맞으라. 어느 날 더는 먹지 못하는 날이 닥칠 것이기 때문에. 그림은 내게 그렇게 말해주고 있었나.

고난 끝에 살아남은 최후의 만찬

레오나르도 다빈치의 여러 작품 중에서도 <최후의 만찬>은 최고작으로 꼽힌 다. 1495년부터 제작에 착수해 1498년에 완성한 이 작품은 밀라노 산타마리아 델레 그라치에 성당 식당에 그려진 벽화다. 가로 약 8.8미터, 세로 4.6미터의 대작으로 예수가 십자가에 못 박혀 죽기 전 제자들과 마지막으로 식사하는 장 면을 담고 있다.

「요한복음」 13장 21절부터 30절에 해당하는 내용을, 그러니까 예수가 자신 의 제자 중 하나가 자신을 팔 것이라고 말하는 부분을 담고 있다. 레오나르도 다 빈치의 작품은 미완성으로 남은 경우가 많은데, <최후의 만찬>은 완성한 몇 안 되는 작품이다. 하지만 그림을 그리던 당시부터 회벽이 떨어져나가 다빈치의 작품 중 가장 많이 손상된 작품으로도 꼽힌다. 본래 회벽에 작업할 때는 프레스 코 기법을 사용해야 하나 다빈치는 템페라와 유화로 <최후의 만찬>을 작업해 그동안 여러 차례 복원 작업을 거쳤다.

홍수로 벽이 침수되어 심각하게 손상되기도 했고 나폴레옹 군대가 밀라노를 침공했을 때는 병사들이 이곳을 마굿간으로 사용하고 벽에 돌을 던져 작품을 훼손하기도 했다. 제2차세계대전 때는 폭격을 당해 벽화가 그려진 식당 건물 천 제가 무너지기도 했다. 다행히 폭격을 예상한 수노사들이 미리 모래 주머니를 쌓아둔 덕분에 그림이 있는 벽만 살아남았다는데 온갖 우여곡절 끝에도 보존되

188

어 오늘날 많은 관광객이 이 작품을 찾는다.

레오나르도 다빈치는 이 작품에서 신성한 그리스도의 모습보다는 제자들과 나란히 앉은 인간 예수의 모습을 드러낸다. 이 때문에 예수 배면의 후광 효과를 연출하지 않았는데 그 결과 인간 예수와 위대한 평범성을 느끼게 하는 작품이다.

산타마리아 델레 그라치에 성당

주소: Piazza di Santa Maria delle Grazie, 20123 Milano MI, 이탈리아

홈페이지: https://legraziemilano.it/

신의 손길로 빚은 이류미오

4부

이탈리아가
돌아왔다

이곳은 어디인가
낯선 땅, 낯선 사람.
떠나가고 잠자던 시간들이
일제히 일어서서 소란한 거리,
청동을 두드리던 소리들은 돌아온다
이제 막 땅속에서 발굴되어 올라온 듯 낯선 거리.
낯선 사람들.
박물관 안의 이탈리아는 사라지고
여기는 또다른 이탈리아.

나폴리는 로마, 밀라노에 이은 제3의 도시이다. 그런데 분위기는 제3의 도시라기보다는 전혀 다른 세상의 나라 같은 느낌이다. 세계적 비행이라고만 알고 있었는데 거리에는 쓰레기가 산더미처럼 쌓여 있고 여기저기서 그 쓰레기가 불타는 모습이 보인다. 유난히 흑인이 많이 보인다는 것도 특징이다. 북아프리카의 어디쯤에 와 있는 것 같다. 그 골목에는 온갖 빨래가 깃발처럼 너부끼고 좁은 길을 오토바이가 질주한다. 어디에 고소하게 빈져오는 그 유명한 나폴리 피자 냄새 이탈리아의 대표적 미식도시라고 하지만 우선 골목의 한 피자집부터 찾아가니 수염이 덥수룩한 시내 남이 담배를 피우다가 눈짓으로 피자를 가리키다 한참을 기다리자 소제 세니, 네아빈민 페시 빈 빤쌀 놓고 가는데 그나마 한쪽은 숯덩이다. 그리고 이어지는 사내들의 끝없는 수다, 그리네 이 얇고고소한 피자 맛이 일품이다. 그러고 보니 꽤 유명한 집인 듯 대학생으로 보이는 일본인 남녀가 연신 앱을 들여다보며 입구로 들어선다.

그다음으로 찾아간 곳이 고고학 박물관. 나폴리로 올 때 이미 기차 안에서 지나쳐온 폼페이 유물들이 눈길을 끈다. 밀라노에서 12시 10분 급행열차를 타고 나폴리까지 다섯 시간을 달렸다. 네 시간 넘도록 평야가 이어지고 산은 찾아볼 수 없었다. 그러다가 나폴리에 가까워지면서 비로소 들판 끝으로 산이 나타났지만 나무가 우거진 산도, 그렇다고 암반 위주의 산도 아니다.

화산재가 흘러내린 듯한 모습의 산이 이어지더니 비로소 왕관 모양의 분화구가 보이는 베수비오산이 등장했다. 그 화산이 불을 내뿜으면서 폼페이는 하루아침에 잿더미로 변하고 사람들은 그대로 화석처럼 굳어버린 끔찍한 재앙이 일어났다고 전해진다. 『성경』에는 폼페이를 소돔과 고모라라는 지명으로 예표한다. 기차를 타고 지나치면서 저 평화로운 들판에 그토록 하느님의 진노를 불러일으킬 만한 음란과 죄악의 도시가 존재했다고는 상상하기 어려웠다. 그러나 어쨌거나 폼페이의 참혹함 여기저 사실로 드러나 바다. 순식간에 뜨거운 화산재에 구워져 그대로 화석이 되어버린 사람들의 형상이 그날의 상황을 생생하게 보여준다. 박물관의 사진이며 나뒹구는 형상이 바로 엊그제 일처럼 화산 폭발을 보여준다.

나폴리의 항구는 세계 3대 미항의 하나로 알려져 있다. 그런데 이 항구노시를 두고 이탈리아인의 호오는 엇갈린단다. 언젠가 축구선수 마리노나의 기록 영화를 보니 그가 속한 나폴리 팀과 다른 국내 팀이 붙자 이탈리아인들이 나폴리 팀을 향해 "이탈리아의 수치 나폴리" "이탈리아의 하수구 나폴리" 같은 심한 표현으로 야유를 해댔다. 그런가 하면 나폴리는 명장의 도시로도 알려져 있어서 전 세계에서 마니아들이 찾아온단다. 특히 바느질 솜씨가 뛰어나서 대를 이어가며 양복을 만드는 집이 많고 그중 영화배우 조지 클루니나 글린딘 미국 전 대통령 등의 단골집들도 있다고 한다.

예술적 DNA가 풍부한 곳인 것 같기는 한데 세련미 넘치는 밀라노를 닮아가고 매력에서인지 닭스러울까지 까니끼 남루의 냄새가 복받하

도시다. 그렇지만 놀랍게도 그 속에 야생의 생명력과 여유, 낙천성 같은 것이 잡힐 듯 느껴진다. 어쩌면 이것이 진정한 나폴리의 매력이 아닐까 싶다. 지저분하고 거칠어 보이는데 잡아끄는 그 무언가가 이 도시에 살아 숨쉬고 있었던 것이다.

유배지로
  가는 기차

소렌토.

왜 그런 모양이 떠오를까.

시간 사이로 삐죽이 내민 삼각형.

바다 한쪽 끝에 달려서

전쟁도 못 들어올 것 같은 그곳, 소렌토.

소렌토는 유배지.

지친 사람들을 향해

이제 그만 돌아오라고

손 흔드는 삼각형.

바나 끝에 메어달린 유배지.

—

나폴리에서 교외로 나가는 몇 량짜리 기차는 낙서로 어지럽다. 철로
변 벽돌마저 그림과 이니셜 낙서로 빼곡할 정도다. 저녁
6시 17분 출발하는 완행열차를 타고 소렌토로 향해 간다. 직행이나 급
행열차를 간발의 차로 놓쳤기 때문이다. 열차는 무수하게 작은 역들에
서 멈추며 가는데 시골역에 서면 한두 사람씩 내리고 그만큼 빈다.
그런데 백 년은 속히 달렸음직한 이 열차는 밀려서 마신느 번 성난 속
도로 달린다. 총알 택시는 들어봤어도 총알 열차는 금시초문인데 그 아
발로 포신을 떠난 탄환처럼 달려 이마에 진땀이 난 정도이다.

연차 안 승객들 표정도 한결같이 무표정인데다 밀라노나 로마에서
만나던 말쑥한 차림새곤 한 사람은 거의 없어 보인다. 마치 프랑스 화
가 도미에의 그림 속 얼굴들처럼 흐트러는 희미에 두 네에 산색 밭은
얼굴에는 삶의 피로 같은 것이 잉키고 쌓여 있다. 지나치는 시골 역시
마다 담벼락이 낙서로 어지러운데 사람을 내려주고 나면 열차는 다시
총알이 되어 덜커덩거리며 전속력으로 달린다. 기적 소리도 없어서 누
군가 철로를 건너다가는 끔찍한 사고를 당하기 십상. 이리저리 굴러가
는 여행가방을 부여잡고 겨우 자리를 잡아 앉았는데도 차디찬 쇠기둥
을 꽉 붙잡아야 될 정도였다. 그 덜컹거리는 진동이 그대로 전해져와

열차라기보다는 마치 위험하게 달리는 트럭에 올라탄 기분이었다. 그러다 도착한 소렌토. 우리로 치면 면사무소가 있는 작은 시골 마을 역처럼 한산하다. 역무원 아주머니 하나가 보이는가 싶더니 그마저 잠잠하다. 역 마당으로 내려오니 아주 조잡한 울긋불긋한 조형물이 하나가 세워져 있을 뿐 텅 비어 있다. 찬바람이 살갗까지 파고드는데 택시라는 팻말 앞에 무려 30분을 서 있어도 차는 한 대도 보이지 않는다.

무거운 여행가방을 끌고 불빛을 찾아 한참을 걸어내려왔지만 적막강산이긴 마찬가지. 시장기가 훅 몰려온다. 구글 지도를 켜고 나름 유명하다는 식당까지 1킬로미터쯤 가방을 끌고 찾아간다. 1970~1980년대 우리나라 읍내 가게에서처럼 여성복 남성복 매장은 진열방식부터 옷가지까지 쇼윈도 풍경이 소박하고 시골스럽기 그지없다. 이탈리아를 떠나서 중앙아시아 어느 나라쯤에 온 것 같다. 어렵사리 찾아간 불빛 환한 식당에 들어서니 비로소 따뜻한 기운으로 아늑하다. 나이든 남자부터 손님보다 많은 숫자의 종업원들이 환하게 웃으며 반겨준다. 돌아왔구나, 노랫말 속의 그 소렌토로 싶었다.

시골 식당 우습게 보지 마

문제는 영어가 잘 통하지 않는다는 점. 쾌활한 성격의 주인 아저씨가 오더니 자기 추천하는 소렌토 특산품 음식을 한번 먹어보란다. 파스타에 생선을 곁들인 음식이란다. 좋다고 했더니 이 지역 와인까지 추천해준다. 잠시 후 서빙 카트로 음식을 싣고 오는데 파스타와 커다란 찐 생선을 키트에 둔 채 남자 종업원이 스푼과 포크를 양손에 들고 허리를 숙여 날랜 솜씨로 가시를 발라준다. 바라보고 있자니 현란한 장인의 손놀림 같다. 잔가시까지 모두 발라내 접시에 옮겨놓아준다. 그리고 오랜

만에 칠리 소스까지 나왔다. 남쪽에 왔구나 싶다.

매콤한 칠리 소스를 얹은 생선은 시장하던 끝에 먹어서였을까. 기가 막히도록 입에 착착 감긴다. 게다가 파스타도 면이 탱글탱글 살아 있어 씹을수록 고소하다. 와인은 톡 쏘는 맛이 역시 부드러워서 북쪽 지역의 깊은 맛과는 전혀 달랐다. 디저트 메뉴가 책 한 권이다. 젤라토 아이스 크림에 에스프레소를 시킬랬더니 종업원이 시큰둥해한다. 이탈리아 어디서나 먹을 수 있는 음식이 아니까 그 기묘하던 에프레소. 본을 노 양새다. 역시 자기 집에서만 파는 수제 디저트를 맛보란다. 한참 후 역시 카트를 밀고 오는네, 맛보는 정도가 아니고 한 끼 식사 수준이다. 초 콜릿을 부어주며 빨리 사진을 찍으라다 그 에를급 처음 에피쏘, 그때 레멘쏘 사이미고 림피나나 남면쏘 씨남아기노 한 복잡미묘한 맛의 후식이었다.

풀코스로 끝내고 나서 계산서를 날랬더니, 예상은 했지만 170유로. 한 달 지끼이 이달리아 여행을 하며 먹은 음식 중 가장 비싼 가격에 나 왔다. 종업인들이 죄익 둘러서서 바라보는 판에 녹귀 끄집을 된 능 있는 쏘쏘 싱그리시려는 푼성을 비긋이 에써 미쏘시으며 현찬로 딥까 지 얹어 시불하였다. 나오는 길요 종업인들이 모두 바라와 환송해준다. 택시가 있긴 있는 동네였다. 호텔에서 불러준 택시에는 웬 영감님과 젊 은 여인이 함께 있었다. 딸이라고 했다. 심심해서 함께 나왔다는 것. 동 네에는 드문드문 가로등뿐. 거리를 걸어가는 사람은 맹세코 단 한 명도 보이지 않는다. 희미하게 불 켜진 호텔 앞에 도착해서 짐까지 내려주고 는 11.7유로가 나왔는데 한사코 10유로만 받겠단다. 요금에 약간의 팁 을 얹어주니 엄청나게 고마워하며 몇 번씩 그라치에를 연발. 겨울철 비 수기에는 거의 잠자는 도시가 되어버린다는 소렌토였다. 자체 인구라야 만 사오천 명을 넘나든다는 소도시이니 조용함을 넘어 적막할 정도였다. 바다가 지척인 고풍스러운 호텔에 여장을 풀었다.

반전, 밤과 낮의 소렌토

쓸쓸하고 인적 없는 작은 간이역 같은 밤의 소렌토역 택시정류장에서 아무리 기다려도 택시는 그림자도 안 보여서 어둡고 긴 거리를 여행 가방을 질질 끌고 걸었는데 하룻밤을 자고 나니 그 석막 도시 소렌토가 전혀 다른 모습을 보여주었다. 무엇보다 호텔 몇 발짝 앞으로 거짓말처럼 펼쳐지는 깨끗하고 파란 바다, 그리고 가까운 절벽과 바다로 내려가는 바위틈의 샛길과 계단, 광장의 기나긴 상점 거리.

타소 광장에 위치한, 미슐랭 별을 얻었다는 동네 맛집 진토리오는 그야말로 입추의 여지가 없었다. 어젯밤 간 음식점이 순수 소렌토식 정통 요릿집이라면 이곳은 훨씬 대중 기호에 맞는 집 같았다. 혹시 한국의 텔레비전 프로그램 같은 데 소개된 집일까. 이 작은 도시의 식당에 유난히 한국인이 많이 보인다. 자리에 앉아서도 무려 한 시간 가까이 기다려서야 음식이 나온다. 전채 요리부터 후식에 이르기까지 요리사가 직접 서빙해주며 알아들을 수도 없는 이탈리아 말로 진지하게 설명해준다. 그만했으면 싶은데도 그는 신나게 말을 이어간다. 속으로 천직이구나 싶었다. 자신의 일이 저토록 보람 있고 기쁘고 신난다면 그는 행복한 사람이다. 덩달아 행복한 만찬이 되었다.

함께 먹는 일의 기쁨

이탈리아를 여행하면서 세 번 먹는 일에 대해 생각해본다. 먹는다는 것은 서로 사랑을 나누는 의식이요 생명에 대한 예찬이며 신에 대한 감

사이고 충만하게 사는 일의 한 방법임을 안다. 기쁨으로 만나는 얼굴들. 기쁨으로 메뉴를 묻고 맛을 묻고 상의하며 종업원과 함께 고르는 모습. 인간에 대한 예의와 소망의 단서. 그래서 허겁지겁 먹지 않고 먹는 일의 70퍼센트 아니 90퍼센트는 대화다.

그렇다. 먹는 일은 기쁨을 나누는 일이요 슬픔을 함께 나누는 일이요 사랑과 우정, 외로움과 쓸쓸함마저 함께 나누는 의식이다. 지중해의 쪽빛 바다를 보며 발을 떼고 와인잔을 부딪치는 것, 이것이 매번 매 끼니에 이 행복이 아니라면 무엇이겠는가. 금식을 위해 먹지 않고 사랑과 우정을 위해 먹는 행위. 오늘이 세시 29분, 우리 씨니 먹기 했는데 씨나 아니. 식사 중간에 와서 어떠냐고 묻고 식사 끝나면 어땠느냐고 묻고, 맛있었다고 하면 훨쩍 웃으며 고맙다고 한다. 종업원들은 씽씽 다니며 노동의 즐거움을 온몸으로 만끽이라도 하는 날마다 새로운 사람 만나는 것이 즐겁고 그 음집마는 것 비로소 천국의 한 생활이 구체적으로 생생해지며 "우린 느루 서고들 좋아해요. 여긴 작은 동네이고 서로를 도와요." 성남에서 민네 아가씨네 이 맛처럼 빛이나.

말 대신
눈물이다

말이 바람을 대신할 수 있는가.
향기를, 푸르름을 대신할 수 있는가.
지극한 아름다움 앞에 서면
말 대신 눈물이다.
한 방울 눈물이다, 그렇고말고.
천 마디 말보다 맑은 눈물이다.
그대 삶에서 한번쯤이라도
아름다움에 눈물 흘려보지 않겠는가.

이탈리아 남쪽에 위치한 작은 해안 마을 포시타노의 어느 바닷가 집에 머무르며 이 글을 쓰고 있다. 지금은 7월 초순, 거기에 ... 수 냉수성 열매가 달린 레몬나무와 밀감나무가 보인다. 그리고 그 나무 ... 하늘은 ... 햇빛의 알갱이들이 그 옥색의 문어도 스며들고 부시지며 아스라하게 멀어진다. 포시타노와 라벨로는 소렌토에서 ... 느리게 뻗어나 절벽의 해안도로를 차로 삼사십여 분 달리면 닿는 아말피해안이 비깃기 ... 하나이다.

아름다운 풍경으로 소문난 곳이지만 아침저녁 그 압도적이고 초현실적인 정경을 대하며 「창세기」의 첫 ... 듯한 감동을 받았다. 아침이면 뭉글뭉글 시타개기 ... 는 구름, 바다를 온통 수백 개의 빛으로 물들이며 지는 석양, 밤이면 어두운 하늘의 보석 알갱이처럼 빛나는 ... 별빛 ... 에 나노 서 있는 듯한 기분이었다. 서울과 같이 철근과 콘크리트를 쏟아부어 만들어진 삭막한 도시에 살다보면 계절이 바뀌어도 자칫 무감각해지고 따라서 자연에 대한 감성과 공감력이 메마르고 빈곤해질 수 있다. 마치 동맥이 경화되면 피의 흐름이 원활하지 않은 것처럼 우리의 감성 또한 딱딱하게 굳어져서 아름다운 것을 보고도 아름답다고 느끼지 못하거나 무심해지는 법이다. 문명의 시간과 다른 이 초월적 자연의 시간 앞에서 나는 '밤이 되고 아침이 되니……'와 같은 창세기적 시간의 흐름도 체험하게 되었다. 이탈리아에 올 때마다 미의 탐식자처럼 허겁지겁 미술관 순례하기에만 바빴다. 로마와 피렌체, 볼로냐 같은 도시에서 미켈란젤로나 레오나르도 다빈치, 라파엘로나 도나텔로, 그리고 카라바조 같은 작가들의 고전 미술품을 보면서 벌린 입을 다물 수 없었고 사실 이탈리아 여행은 그런 미술 기행으로 시종하곤 했었다. 볼 것은 많고 갈 곳도 많았다.

그러나 이번엔 걸출한 예술작품들을 보면서 동시에 오염되지 않은 자연과 함께 거하는 여유를 가질 수 있었던 것이 무엇보다 행복한 기억으로 남는다. 이곳에 머무는 동안 산책과 스케치 그리고 글쓰기라는 단조로운 삶을 되풀이했지만 내 마음의 정원에서 아름다운 꽃과 나무들이 자라는 것을 느낀다.

벽난로에 불을 지피고 소파에 앉아 물길을 바라보며 카푸치노 한잔을 만들어 마신다. 마침 이 숙소는 취사는 물론이고 집필과 독서에 최적화되어 있다. 게다가 동네의 작은 마트(실제로 가게 이름이 그렇다)에서는 신선한 채소며 식빵과 우유, 과일, 라면 같은 것들을 팔고 있어서 세상과 절연하고 글 쓰고 그림 그리기에는 참으로 안성맞춤이다. 충만한 여백의 나날이었다. 바다와 하늘 그리고 샛노란 레몬 열매를 단 초록색 나무, 그 위에 아침저녁 울리는 성당의 종소리. 그 외에는 없다. 결단코 없다. 그런데 그 비어 있음의 가득찬 느낌이라니.

가방에는 괴테의 『이탈리아 기행』이 들어 있었지만 너무 지루하고 재미없어서 별로 펼쳐보지는 못했다. 현실의 이탈리아가 훨씬 더 우아하고 아름답고 매력적이었다. 다만 고길되기는 창조의 영성을 얻기 위해, 그리고 답답하고 편협된 바이마르 세계관을 넘어서 좀더 근원의 물줄기에 닿고 싶어 두 번에 걸쳐 이탈리아를 여행했다는 괴테의 고백에는 깊이 공감했다. 근원의 물줄기, 그야말로 바티칸미술관과 로마, 피렌체의 미술관은 인간 정신과 창조의 하얀 물줄기였다. 괴테는 이탈리아 여행을 통해 고갈되던 창조에 대한 열정은 물론이고 신에게 가까이 다가가고 싶은 영성도 되찾고 피폐해가던 정신 또한 치유되고 회복되었다고 고백한다. 그러면서 그의 기행첩이 그 누구도 아닌 자기 자신을 위해 쓴 글이었다고도 밝힌다. (그래서 그토록 무미건조했고 제미 없었구나.)

특히 그도 고백했듯이 『이탈리아 기행』부분에서 '보고'는 자신을 타자화하여 스스로에게 한 것이었다. 괴테와 같은 위대한 정신도 연구 이탈리아에 와서 근원이 물줄기로 막 을 축였나고 해서 만년 이탈리아는 캄캄한 어둠 속에 내린 한줄기 빛의 방이기도 했다. (반대로 이탈리아 메뉴에 캄캄한 인문의 어둠이 시작되었다고 보는 시각도 있다. 무려 천 년 동안이나.)

괴테를 따라 하는 것 같아서 좀 민망하신 하지만 나 역시 그가 한 방 짝노 받아둔 때 수 있은 것이 이곳과 밀실의 바념은 지나갔네. 그렇기에 이탈리아 벨페스트 다시 한번 샘의 고내상소를 열고 싶은 긴 긴힘이 있었다. 서울이라는 끝없는 소음과 분노와 갈등의 땅으로부터 이 직말 에 그리고 평화의 저소로 옮겨오고 나니 처음 며칠은 이곳이 몽롱한 환각의 세계처럼 비현실적이라고 느껴졌을 정도였다. 그렇지만 어쨌거나 마음을 다잡고 그 누구도 아닌 나를 위한 이탈리아 기행을 시작하게 되었던 것이다. 눈길이 머무는 곳, 발길이 닿는 대로 기록하여 마음의 창에 글로 쓴 수채화로 혹은 수묵화로 담아두고 싶어서였다. 인생은 기록하는 것. 그리고 그 기록을 통해 기억의 거울을 들여다보는 일

인 것 같다. 그리 오래지 않아서 다시 이 기록을 통해서 마음의 이탈리
아를 달릴 것이다.

천 개의 문,
  천 개의 소리

선 개의 방, 천 개이 문, 천 개의 소리.
ㅣ 소리 들에서 떠내오르는 소리는 천 개의 소리
실수하고 떠오르고 쓰러지는 소리, 소리들.
그 소리들 누부터 느마쳐온다.
ㅣ디러어 소리 없다, 공네서
소리들은 시서능럱나.
귀 아닌 눈으로 오는 소리들이여,
닫히는 문들.
사라지는 방들.

바그너 하면 두 가지 상념이 엇갈린다. 그가 위대한 음악가라는 점과 함께 그 위대성을 나치 제국으로 구현하려 한 히틀러의 망상이다. 오래 전 세종문화회관에서 바그너의 오페라 〈니벨룽겐의 반지〉를 보면서도 그 두 가지 상념이 계속 머리를 맴돌았다. 〈니벨룽겐의 반지〉는 참을 수 없는 길고 지루함으로 나를 지치게 만들었지만 클래식 음악에 문외한인 내게도 '저것이 바그너의 위대성인가보구나' 짚어지는 대목들이 있었다.

그런데 이탈리아 남부 라벨로에서 내가 지내던 빌라 근처에 바그너가 머무르며 두 개의 중요한 작품을 작곡했다는 옛 유적지 빌라 루폴로가 있었다. 바그너는 이곳을 마술같이 매력적인 곳이라고 평했다. 빌라 루폴로에 머무르며 그는 오페라 〈파르지팔〉을 완성했고 이를 기념하여 매년 바그너 페스티벌이 열린단다. 바그너의 고향 독일 바이로이트에서도 바그너의 오페라만 공연하는 세계적 페스티벌이 열리지만 라벨로 페스티벌은 바그너의 음악뿐 아니라 다양한 음악을 쟁쟁한 연주자들의 연주로 만날 수 있어 멀리 런던이나 파리 등지에서까지 사람들이 찾아온다고 한다. 라벨로에서 가장 부유한 가문에서 지었다는 13세기의 건축물 빌라 루폴로에서 열리는 이 페스티벌은 아말피 해안을 배경으로 아름다운 선율을 즐길 만하단다.

바그너의 음악은 그 웅장함 때문에 그리고 히틀러가 이를 교묘히 이용했다는 이유 때문에 자칫 전체주의적 음악으로 매도되기도 한다. 하지만 그 탁월한 음악성과 시성, 역사성은 누구도 부인할 수 없다. 바그너가 이곳에서 〈파르지팔〉을 완성했다는 사실은 이제 라벨로의 자랑이 되고 있다. 비잔틴, 콘스탄티노플, 십자군으로 인해 교역이 번창해 해상무역이 성행하던 12세기, 아말피, 세노바 등과 함께 라벨교도 경제적 부흥기를 겪었고 예술가들, 특히 음악가들이 많이 모여들었다 한다. 라벨로는 외두처기에 묻혀 있어서 세세껏 일반인에게는 잘 알려지지 않다가 이처럼 창작의 산실로 입소문이 나면서 세계적 유아기, 문학가 미술가 들이 찾아왔다 한다. 특히 『분노의 포도』로 유명한 미국의 노벨상 작가 존 스타인벡이 한 잡지에 라벨로를 예찬하는 글을 쓰고부터는 일반인들도 찾아올 정도로 유명해졌다고 한다

옛 바그너의 집은 바다가 내려다보이고 정원이 넓은 성채 같은 곳이 있는데 그가 생전 소유하던 곳인지 그의 사후 인증의 기념판처럼 된 것인지는 확실치 않았다. 라벨로에 머무르는 동안 조석으로 그 앞을 지나치면서 이제를 가웃대곤 했다. 그러면서 옛날의 음악가가 홀로 저 정원을 걸으면서 자기만의 생각에 잠기는 모습을 그려보곤 했다.

꿈속의
아말피 코스트

그렇고말고.
눈감기 전에 가봐야 하고말고.
눈에 담아서 그 기억 한 조각이라도
타국까지 데불고 가야 하고말고.
고요, 평화, 디만 고요, 그리고 평화
꿈길 속에서라도 만나고 싶은 곳.
신의 손 끝에서 빚어진 그 아말피에 가서
가급적 눈에 많이 담아와야 하고말고.
꿈속에서라도 그려지도록
담아와야 하고말고.

『내셔널 지오그래픽』에서 죽기 전에 꼭 가봐야 할 곳 중 첫번째로 이탈리아의 아말피 코스트를 꼽았다. 내셔널 지오그래픽 곳에 대한 평가나 세 ◌◌이겠지만 '죽기 전에'라는 조건에 『내셔널 지오그래픽』이니까, 이름까지 달고 보면 사정은 달라진다. 『내셔널 지오그래픽』은 마치 세상의 '맛'을 평가하는 미슐랭만큼이나 '땅과 풍경'에 대해서는 권위를 가지고 있기 때문이다. 절벽 끝을 해안선을 따라가며 지어진 작은 집과 ◌◌◌는 ◌성한 마을들, 그리고 주렁주렁 열매를 달고 있는 레몬이며 ◌◌ ◌◌◌, ◌◌번 빛났빛 치킨 인가와 주황색 저녁 노◌ 등 ◌◌ ◌◌ ◌ ◌◌ 아말피 코스트는 그야말로 『내셔널 지오그래픽』이 세상의 모두 아름다움 곳 주에◌◌ ◌◌◌으로 ◌ 만하 ◌◌이다.

특히 놀랍도록 크고 샛노랗게 주렁주렁 달린 레몬은 마치 사월에 피는 꽃처럼 보인다. 여기저기 땅에 떨어진 그 샛노란 열매들은 마치 에덴의 한 사락처럼 보일 정도이다.

포지타노나 라벨로 등 내가 머물렀던 아말피 코스트의 해변 마을에는 레몬이 달린 나무가 여기저기 지천으로 있었는데 나중에 다시 폼페이 쪽으로 이동하다보니 어린아이 머리통만한 레몬을 집집마다 내다팔고 있었다. 꽃처럼 매달린 그 레몬을 보기 위해서라도 아말피 여행은 2월이 제격 같다.

비수기여서 집 빌리는 가격도 여름의 몇 분의 일 수순에 불과한데, 그곳의 2월이 우리로 치면 마치 4월이나 9월처럼 따뜻하고 선선해서 날씨도 최상이었다. 지금도 선하다. 그 잔잔한 바다와 그 위를 스쳐가는 바람, 그리고 노란 꽃 같은 레몬 열매. 가끔 지나치는 선한 눈매의 노인과 아이들. 아말피 코스트의 포지타노와 라벨로를 내 버킷리스트의 1순위에 두고 싶다. 죽기 전 다시 가보고 싶은 곳으로.

나의
　작은 행복

대체로 소소한 행복은
피 온 찻잎과 레스토랑에서 온다.
싱길만 집시 위에 놓이는 차가운 금속,
눈으로 먼저 맛보는 요리.
따뜻한 미소
밀밀이는 커논
그 커튼 너머로 보이는 진진한 비미.
가까이서 살강, 부딪치는 와인잔.
연인들의 그윽한 눈길.
나의 작은 행복.

—

나의 일은 신께서 주신 일. 고로 나는 나의 일에 올인한다. 시골 작은 레스토랑에 가도 환하게 웃으며 최선을 나한다는 느낌을 주는 노인들을 보며 드는 생각이다. 내가 머물던 포시타노와 리벨로의 레지던스는 모두 가족 경영으로 운영되고 있었다. 아버지, 어머니, 형제, 누이가 모두 나서서 쓸고 닦고 주어진 집 한 채를 생애의 축복이자 업으로 여기는 듯 그야말로 최선을 다하는 모습이었다. 직업은 하느님께서 부여하신 일. 굳이 화려하거나 번쩍거리지 않아도 나의 일을 나는 사랑한다. 더구나 이 방의 손님을 정성껏 대접하는 일은 신께서 기뻐하실 만도 한 일이다. 서로 사랑하라 하셨는데 이 시골 작은 마을을 찾아주는, 먼 곳에서 온 손님들을 기쁨으로 맞고 보내는 일이야말로 신의 계명을 따르는 일이 아니겠는가. 흡사 이렇게 생각하는 것 같다.

레스토랑에서도 마찬가지이다. 중장년 노년 남자들이 음식 접시를 들고 분주히 오가는 모습이 보기 좋다. 거의 얼굴이 닿을 만큼 가까이 다가와 메뉴를 설명하거나 추천해주며 신시하기 이를 데 없다. 누가 주인이고 종업원인지 알 수 없도록 열심히 그리고 자부심을 가지고 일한다. 프랑스는 젊은이들이 주로 서빙을 하는데 이탈리아는 중장년, 노년이 많다. 훨씬 더 진문성이 느껴지는 듯하고 숙성한 느낌이다. 금방 나온 뜨끈뜨끈한 스파게티와 리소토가 마치 서울에서 먹은 음식처럼 친숙하고 맛있다.

이슬비에 옷이 젖듯, 눈길과 친절한 언어를 통해 삶 속에서 사랑을 실천하는 일이 몸에 배어 있는 듯하다. 풍경이 그렇게 만든 것일까. 한 시간마다 울리는 저 종소리가 그렇게 길들인 것일까. 아름답도다. 포지타노, 라벨로의 풍경이여, 사람들이여.

도자기
  가족들

이탈리아 남쪽
바다가 보이는 산마을.
오래된 도자기 가게에 갔다.
도자기들이 얼굴들 같다.
웃고 있고 말하고, 한숨 쉬고……
도자기 가족들.
올망졸망 어린아이들.
오래 산 노인들.
얼굴들 얼굴들.
이탈리아 남쪽
그 바다가 보이는 산마을
그 도자기 가게에 가고 싶다.

—

내가 묵은 산중턱의 전망 좋은 하얀 집 라돌체 비타La Dolce Vita는 건장
한 두 분의 형제가 운영하는 곳이다. 형은 몸집이 커서 내가 '제너럴'이
라고 불렀고 동생은 정반대로 건장한 이탈리아 꽃남 스타일이었다. 둘
은 빈틈없으며 웬만한 여성보다도 더 섬세하게 이 작은 빌라를 가꾸고
돌보아서 흰 벽에 작은 스그래치 하나 눈에 띄이 없었다.

아침 여덟시 반, 수많은 새나올 불라시 테라빌에 아침식사를 준비해
온다. 커피 주문은 따로 받는데 카푸치노라고 했더니 부드에 놓인 미신
에서 직접 조리해 들고 나온다. 방금 이슬 맞은 밭에서 따 듯한 수계지
에덴이 선악과 그랬을까 싶게 껍질 벗겨 안입 깨무니 그 향기가 이야
기두 써신니.

식사를 준비하고 나서 제너럴은 이고 진지하게 아버지의 냉품 세라
믹 갤러리에 대해 설명해준다. 아버지 수하에는 일흔 명의 도예 작가들
이 있고 아버지는 그들에게 아이디어와 영감을 자주 주는 분이란다. 될
수 있으면 꼭 한번 들러보란다. 아버지의 가게를 챙기는 든든한 아들이
었다.

늦은 조반 후 원고를 쓰다 비아 로마 22를 찾아가니 피어스 브로스
넌을 비롯해 화면에서 자주 보던 배우들과 함께 사진을 찍은 파스칼 영

감님의 모습이 보인다. 아들 소개로 왔다 하니 무척 반긴다. 가게는 의외로 넓고 크다. 물건 또한 다양한데 멋진 모습을 한 흑백의 남자 사진이 걸려 있다. 자신의 아버지란다. 아버지 때부터 이 가게를 시작했단다. 원래 도예가가 되고 싶었는데 결국 상인이 되었지만 그래도 지금은 여러 아티스트와 함께여서 행복하다고 했다. 피카소의 〈우는 여인〉을 약간 비튼 듯한 채색 도자기는 자기가 아이디어를 내어 한 석기에게 권유한 작품이라며 어떠냐고 묻는다. 몇 가지 물건을 골랐더니 나보다 물건이 먼저 집에 도착해 있을 거라며 배우 피어스 브로스넌도 자기 가게에 와서 물건을 샀노라고 자랑한다. 자긍심이 보통 아니었다.

좀 깎아달라고 했더니, 두 명의 아내에게서 아들만 여섯을 두었나니 미안하단다. 내실로 들어가 아내와 친구라며 젊은 셰프를 소개한다. 아내는 적어도 이십 년 이상 차이가 나 보이는 미모의 여인. 벽에는 고만고만한 연년생인 듯한 소년들의 사진이 줄줄이 붙어 있다. 그의 아내는 자기 집이 교회 소속인데 이 주일 전 우연히 천수백 년이 넘은 골고다의 유물을 발견했다며 흥분을 감추지 못한다. 집을 정리하다가 우연히 성전 기사단(템플 기사단)의 십자가 유물이 발견되었다며 들떠서 이야기했다.

아울러 이 동네에서는 그리스도의 기적이 자주 일어난단다. 일테면 한 아이를 잃어버렸을 때 사람들이 함께 기도하자 그 아이가 어디선가 걸어왔단다. 자신의 아들 친구인 어린 소년이 자동차 사고로 너무 피를 많이 흘려 죽게 되었을 때 사람들이 앞다투어 헌혈하며 함께 기도하자 거의 죽을 뻔했던 아이가 자리를 털고 일어나기도 했단다. 골고다 유적이 발견되는 건 어쩌면 이곳에 기독교 순례자들의 피의 역사가 있었기 때문인지 모르겠다며, 알다시피 예수의 피는 치유의 기적을 일으키지 않느냐고 말했다. 그 많은 예술가들이 무엇에 이끌리듯 이 머나먼 산마을까지 온 것도 알 수 없는 어떤 영감 때문이 아니겠느냐고 했다. 능숙한 영어에 보통 수다가 아니었다. 가까운 아말피나 포지타노를 거쳐서 굳이 이 힘든 곳까지 오는 건 경관도 경관이지만 끝없이 영감을 주는 어떤 점이 있어서라고 믿는다고 대꾸했다. 그녀는 스스로 감동한 듯 성호를 그으며 설명했고 남편은 이에 동조했다. 장사는 아예 잊은 듯했다. 결국 채색된 당나귀 모양이 도자기 한 쌍에 이탈리아 신부 부부가 넌지시 권한 그릇 및 개를 샀다. 파스칼의 아내는 눈을 동그랗게 뜨고 하느님이 반드시 나의 여행길을 지켜주실 거라고 하니겠다.

나쁜
구름과자

누가 이것을 고안했을까.
하얀, 그러나 나쁜 구름과자.
굴뚝에서 나오는 연기처럼
두 개의 구멍에서
그리고 그 아래 더 큰 원에서
뿜어져나오는 구름과자.
이탈리아의 밤거리에는 사방에서 몰려오는
이 희디흰 구름과자를 피할지니.
밤에 너 위험한 이탈리아의 구름과자.

—

이게 웬말. 가까이서 누가 지나가면서 피우는 담배 연기만 맡아도 머리
가 멍해지면서 불쾌감이 이루어지는 ~ 의해 하루에 한 갑씩 담배를 피우
다가. 그런데 이탈리아에 머문 한 달 동안 지나 높이 좀 과장해서 말하
더면 하루에 한 갑 분량의 간접 흡연을 한 것 같다. 영화에서 할 생신 이
탈리아 배우가 담배를 피우는 모습은 멋있게만 보였는데 실제 기리를
걸으면서 삼삼오오 흡연하는 사람들을 만나는 일은 공포스러웠다.

아마 실내 흡연이 금지되어서겠지만 이탈리아는 유난히 길거리 흡연
사람이 많다. 남녀를 가련 없이 그리고 언덩 고하 간에 길거리에서
흡연하는 일이 하나의 문화고 자리잡은 듯하다. 아니 카페나 식당에서
이 그긴네 시고 좋은 실거리에 나와서 담배를 피우는 사람들을 보면 추
방당한 사람들 같아서 속으로 실소할 때도 있다. 가끔은 그 표정이 너
무노 실박하고 절실해 보이기 때문이다. 피운다기보다는 급하게 빨아
댄다는 편이 낫겠다.

남녀의 흡연 비율도 흥밋거리다. 파리에서는 순전히 나만의 느낌이
지만 6대 4 정도로 여성 흡연자 수가 많았던 것 같은데 이탈리아에서
는 7대 3 정도로 남성 흡연자 수가 많은 것 같다. 어찌됐거나 나처럼
도시 보행자 입장에서는 좁은 길을 앞서가는 사람이 내뿜는 담배 연기

221
4부_신의 손길로 빚은 아름다움

를 견디는 일이 여간 고역이 아니다.

내가 군대 생활을 했던 1975년부터 삼 년 세월은 담배가 마치 하루 세끼 음식처럼 배급되었다. '화랑'이라는 필터도 없는 독한 담배를 일주일이면 몇 갑씩 일제히 나눠주었는데 문제는 국가로부터 받은 그 보급품을 함부로 폐기할 수도 없었다는 점이다. 울며 겨자 먹기로 피워대는 수밖에. 쓰레기통에서 화랑 담배가 새것인 채로 발견되면 '줄빠따'를 맞면 시작이다. '삐따'를 드는 명분은 이거 국민의 세금으로 사주는 물건인데 그 세금을 길에 버리는 일과 마찬가지라는 것. 지금 생각하면 좀 야만적인 세월이었는데 그때는 흡연자, 비흡연자를 나누어 담배를 지급하지 않았다. 매번 반은 담배를 남에게 주는 것도 한계가 있고 그 싸구려 독한 담배를 준다고 해도 받는 쪽에서도 별로 반가워하지도 않았기에 나 같은 사람에게 화랑은 난처한 물건이었다.

어쨌거나 그 졸병 생활 35개월 17일 동안 나는 엉거주춤한 흡연자가 될 수밖에 없었다. 복학하고 보니 이때의 흡연이 기관지에 아주 나쁜 영향을 주었다는 것을 사진을 찍어보고서야 알 수 있었다. 제대하면서 자연스럽게 담배와 멀어졌고 이상스럽게도 그뒤로는 누구가 토해내는 담배 연기를 마시기만 해도 역겹고 불쾌하기 짝이 없었다. 그래서 별수 없이 간접 흡연을 경계했는데 이탈리아에서 길거리를 다니는 한 달동안은 속수무책이었다. 도로 사정도 어두운데다 골목이 많아서 흡연자들이 설렁해버리다시피 한밤외 거리는 난처하기 짝이 없었다. 하루 종일 걷고 돌아온 밤이면 매연 속을 통과해온 것처럼 목이 아프고 불쾌감이 더했다.

그랬던 것이 아말피 코스트의 포시타노와 라벨로 등지로 오자 흡연자를 눈을 씻고 볼래도 찾을 수가 없었다. 그 바닷가에 몇몇 작은 도시에서는 어찌된 일인지 담배를 피우거나 담뱃불을 붙여 손가락에 끼우는 사람을 찾아볼 수 없었다. 자연도 청정했지만 담배 연기로 그 청정함을 오염시키는 사람도 없었다. 그러고 보면 도시란 좁은 골목에서나마 옹색하게라도 니코틴 연기로 스스로를 달래야 할 만큼 스트레스가 많은 곳인 것 같다. 스트레스에 몰려 혹은 이런저런 걱정과 근심거리를 날리기 위해서. 그것도 아니면 무료함과 한가함 사이에서 습관적으로 빨아대는 담배 연기. 이틸리아를 떠올리나보면 이제 자연스럽게 하게 떠오르는 풍경의 한 토막이 되어 있다.

꿈결 같은 그곳, 이탈리아

지구별에 이탈리아가 있음에 감사하다. 그곳에는 사람이 만든 이 세상 모든 아름다움이 있다. 아름다움이 시작도 끝도 그곳에 있다. 비비니 니체를 비롯한 별 같은 지성들이 이탈리아로부터 영감을 얻고 돌아가곤 했다. 예술가들은 더 말할 나위가 없다. 이 세계 제대신 비지고 아니, 깊은구 그 존재에서 기뻐진다. 그 이탈리아는 지금 섬당히 가난히다. 비 모던 비 생이나. 물질의 광위 대신 시간의 부덤에서 은은히 흘러 나오는 요요한 아름다움을 볼 수 있게 되는 까닭이니.

나의 이탈리아 기행은 십여 개 도시에 걸쳐 이루어졌다. 그 여행 내내 누린 안복을 시와 산문과 그림으로 남긴다. 가끔씩 꿈속에서 그 도시들을 걷는다. 그대 또한 꿈속에서라도 나의 동행자가 되어주기를.

2024년 봄
김병종

세화기행 4
ⓒ 김병종 2024

초판 인쇄 2024년 4월 23일
초판 발행 2024년 5월 3일

지은이 김병종
책임편집 이혜지 | 편집 이경록
디자인 이보람 최미영 | 저작권 박지영 형소진 최은진 서연주 오서영
마케팅 정민호 서지화 한민아 이민경 안남영 왕지경 김수연 김혜원 이혜진 김하연 심재선
브랜딩 함유지 함근아 고보미 박민재 심우정 박다솔 조다현 정승민 배진성
제작 강신은 김동욱 이순호 | 제작처 천광인쇄사

펴낸곳 (주)문학동네 | 펴낸이 김소영
출판등록 1993년 10월 22일 제2003-000045호
주소 10881 경기도 파주시 회동길 210
전자우편 editor@munhak.com
대표전화 031) 955-8888 | 팩스 031) 955-8855
문의전화 031) 955-2696(마케팅) 031) 955-2672(편집)
문학동네카페 http://cafe.naver.com/mhdn
인스타그램 @munhakdongne | 트위터 @munhakdongne
북클럽문학동네 http://bookclubmunhak.com

ISBN 979-11-416-0032-7 03810

www.munhak.com